菲利克斯不想长大

如何"做"一个朋友

社会交往

[比]伊芙琳·德·佛里格 / 著
[荷]温迪·潘德斯 / 绘
姜云舒　马昭 / 译

中信出版集团 | 北京

图书在版编目（CIP）数据

如何"做"一个朋友 /(比)伊芙琳·德·佛里格著；
(荷)温迪·潘德斯绘；姜云舒，马昭译. -- 北京：中
信出版社，2022.2
（菲利克斯不想长大）
ISBN 978-7-5217-3872-8

Ⅰ.①如… Ⅱ.①伊… ②温… ③姜… ④马… Ⅲ.
①儿童故事-图画故事-比利时-现代 Ⅳ.①1564.85

中国版本图书馆 CIP 数据核字 (2021) 第 256323 号

© 2015, Lannoo Publishers. For the original edition.
Original title: Hoe maak ik een vriend?
Translated from the Dutch language
www.lannoo.com
Simplified Chinese translation copyright © 2022 by CITIC Press Corporation
All rights reserved
本书仅限中国大陆地区发行销售

献给库博

菲利克斯不想长大·如何"做"一个朋友

著　　者：[比利时] 伊芙琳·德·佛里格
绘　　者：[荷兰] 温迪·潘德斯
译　　者：姜云舒　马昭
出版发行：中信出版集团股份有限公司
　　　　　（北京市朝阳区惠新东街甲4号富盛大厦2座　邮编　100029）
承　印　者：北京尚唐印刷包装有限公司

开　　本：710mm×1000mm　1/16　　印　张：5　　字　数：80千字
版　　次：2022年2月第1版　　　　　印　次：2022年2月第1次印刷
京权图字：01-2021-7514
书　　号：ISBN 978-7-5217-3872-8
定　　价：39.80元

版权所有·侵权必究
如有印刷、装订问题，本公司负责调换。
服务热线：400-600-8099
投稿邮箱：author@citicpub.com

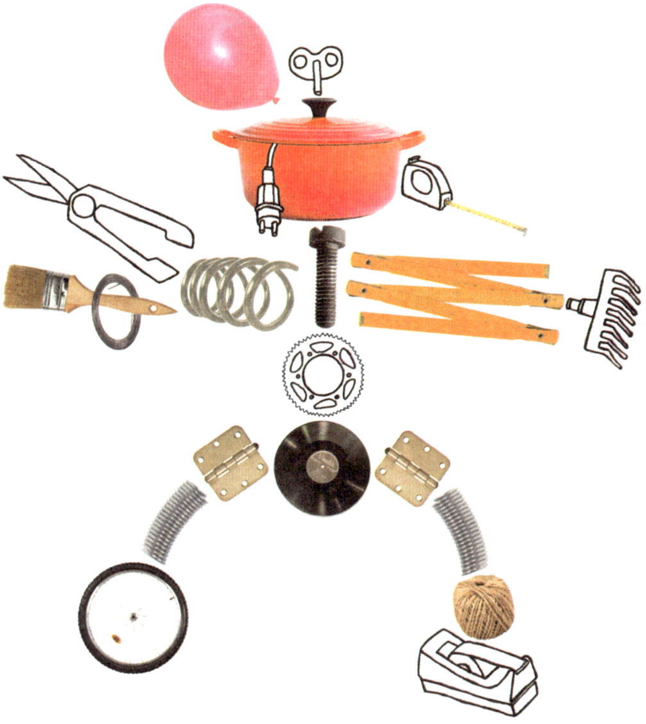

星期二
动物不行

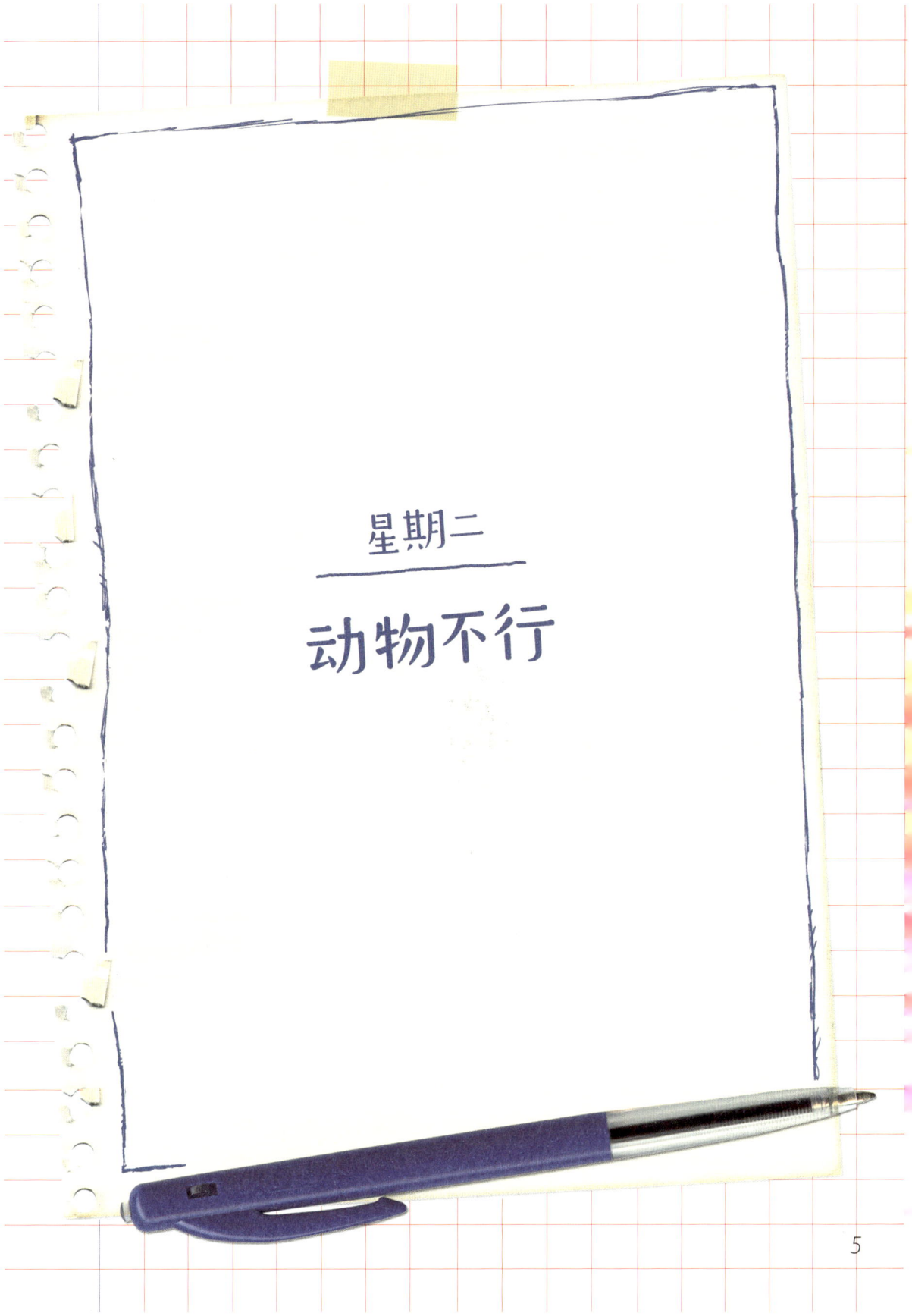

这是一个长假，也是菲利克斯将在营地度过的第一个长假。他会在营地度过六个晚上，也就是七天，最重要的事情是：营地里的人他谁也不认识……

而且一个朋友也没有。

菲利克斯去找妈妈。

"妈妈，我到了营地可怎么办啊？"他哼哼唧唧地说。

他每天都会问妈妈这个问题，而妈妈每次都会给出不同的答案。妈妈经常专心工作，连头都不会抬一下。

"我现在没时间，孩子。"

"不会有问题的。"

"营地里都是和你差不多大的小孩儿！"

"看你干了什么，你把东西洒到桌布上了！"

"你怎么又问我一遍？"

"别跟我说话，让我工作一会儿，菲利克斯，我必须赶紧把这点儿事儿弄完。"

他的妈妈正在处理一份文件。她是一名顾问，专门给别人提建议的。

"就不能给我点儿建议。"菲利克斯心想。

"可是，妈妈……"

"菲利克斯！你会找到人做朋友的，是不是？"

"做朋友，"菲利克斯想道，"这倒是个新奇的答案！"

他盯着她看。"做朋友，做朋友，"他不停琢磨着，"但是究竟该怎么做呢？"

如何做一个朋友呢？

hoe maak ik een vriend

如 何 做 一个 朋友？

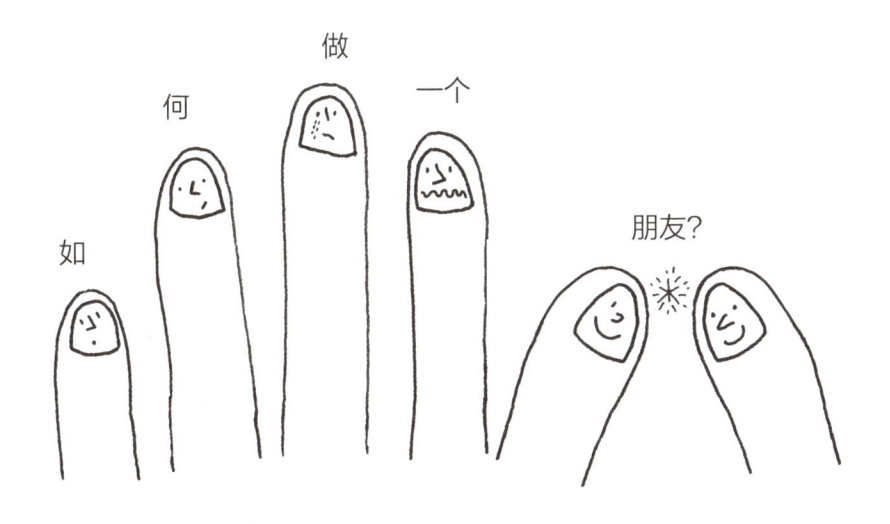

他用手挠着头，却始终想不出答案。他有几天时间呢？他用手指数了一遍，倒也不是很多：一只手，再加一根拇指，一共六天。

"别在那儿傻乎乎的，菲利克斯。"妈妈头都没抬地说道。

她继续努力工作着。菲利克斯的妈妈非常聪明，她的工作文件都很厚，就像……一摞摞厚厚的煎饼。

菲利克斯找来一个空白笔记本。他偷偷瞅了妈妈一眼，她什么也没察觉到。他要捋一捋自己的思路，首先，他要设计出第一页。

如何"做"一个朋友？

他在每个字母上都花了很长时间，有的字母是昆虫组成的，还有的是变形的蜘蛛网。他画了一条被剪成两段的蠕虫，作为一个问号。他又在蓝色的天空中画了几架直升机。他还画了一个戴着眼镜的大太阳，这玩意儿总是显得很酷。现在这一页的底下还有六个小方框，是用来算日子的。菲利克斯把这些小方框都画成了小房子，因为这样会显得更有趣点儿。

他骄傲地看着自己的劳动成果。"我干得真不赖。"他一边想着，一边翻了一页。这一页还是一片空白。"先来列个表吧。"菲利克斯心想。这个办法是妈妈教的。如果你有什么事儿想不通，就列个表，这样你的头脑就会立刻清醒起来，然后就能快速思考了。列表的内容到底是什么，倒不是很重要，什么列表都行。

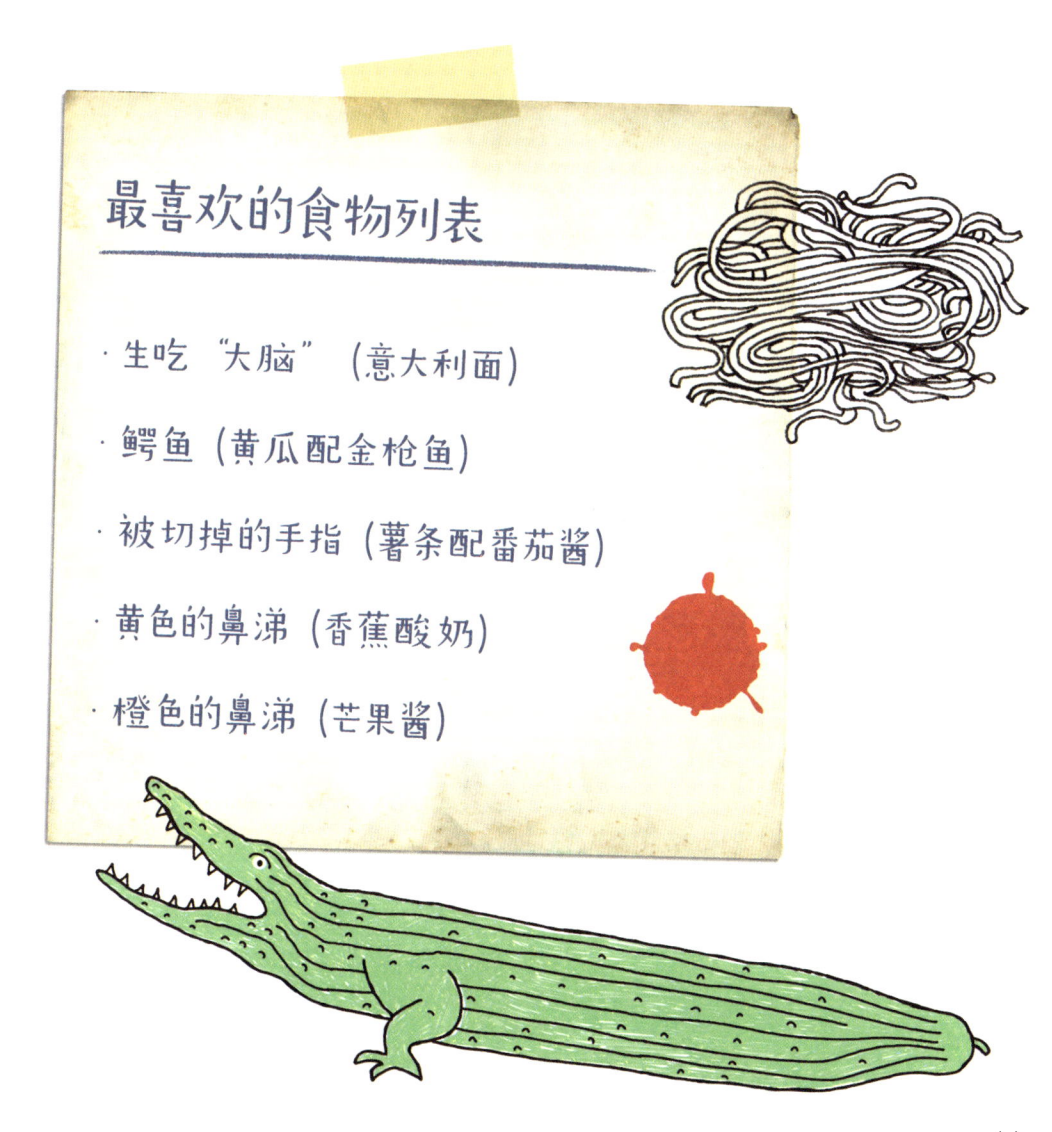

最喜欢的食物列表

- 生吃"大脑"（意大利面）
- 鳄鱼（黄瓜配金枪鱼）
- 被切掉的手指（薯条配番茄酱）
- 黄色的鼻涕（香蕉酸奶）
- 橙色的鼻涕（芒果酱）

露营活动的优缺点列表

· 可以冒险 ㊉
· 可以在外面玩
· 可以在我的新睡袋里睡觉
· 有篝火

- - - - - - - - - -

· 没有朋友
· 一个人 ㊀
· 孤独寂寞
· 想家

最喜欢的首都列表

· 乌兰巴托
· 塔那那利佛
· 斯科普里
· 特古西加尔巴
· 卢森堡

风的类型列表

- 焚风[1]
- 季风
- 密史脱拉风[2]
- 信风[3]
- 西洛可风[4]
- 放出的屁

最喜欢的玩具列表

(只能从里面选一个带到营地，而且肯定不能选艾尔芒德，因为他的气味很重，还不能用洗衣机洗。)

- 浣熊艾尔芒德
- 驴子葛莱西
- 小兔威利
- 晴天娃娃布偶
- 小鸡蛋蛋

这是最低标准了。要是连这些特征都没有，那可没法做朋友。

他的思路逐渐变得清晰起来，是时候进入正题了。他写道：

朋友的特征

- 强壮
- 迅速
- 可爱
- 温柔
- 有趣
- 聪明

---

1. 焚风：空气做绝热下沉运动时，因温度升高、湿度降低而形成的一种干热风。——编者注
2. 密史脱拉风：是一种由阿尔卑斯山吹往地中海的强风，时速可以高达每小时80公里。——编者注
3. 信风：空气从副热带高压带吹向赤道，因受地球自转影响，在北半球变为东北风，在南半球变为东南风。因其风向规律稳定，称为"信风"。——编者注
4. 西洛可风：为地中海地区的一种风，源自撒哈拉沙漠，在北非、南欧地区变为飓风。——编者注

我的朋友可以是动物吗？

狗是人类最好的朋友，却不是菲利克斯的朋友。一个长着锋利的牙齿，还把舌头伸出嘴外的朋友？他可没什么兴趣。

一只豚鼠呢？嗯，还是算了吧。他不希望自己的朋友长着很多毛。

蛇倒是没有毛，但是蛇会吃活老鼠，这样它们嘴里就会有毛。

那一条鱼呢？或者说很多很多鱼？满满一个水族箱那么多呢？鱼肯定不会毛茸茸的，但是它们除了鳞片什么也没有。

算了，菲利克斯决定还是不找动物做朋友了。

菲利克斯想起了自己的朋友们。他没有特意"做"过朋友，他们只是本来就在那里而已。不过他倒是"做"过敌人，嘿嘿。他现在还清楚地记得那是在什么地方、什么时候，以及发生了什么事。

敌人1号

- 谁？雪人。
- 什么地方？在后花园里。
- 什么时候？三年前。
- 发生了什么事？

    有一次，雪下得很大，地上堆的雪足够滚成大雪球。菲利克斯做了一个雪人，那家伙非常大。是爸爸帮他把雪人的部件组装到一起的：腿（事实上是一个粗粗的球形的"腿"）、肚子和头。菲利克斯还给雪人的脸加了一些装饰：用橡子当作眼睛，一把橙色的塑料小勺子当作鼻子，还有一排小石子当作嘴巴。那个嘴巴弯出了一个大大的笑容，像一把挂着的弓。但是当菲利克斯大清早望向窗外时，那把弓倒挂了下来，雪人正满面怒容地瞪着他的房间。

    当然，他的父母对此有另一套解释：只是靠外的小石子滑下来一些，没什么大不了的。但是菲利克斯对这个说法并不是很满意。雪人不值得信赖。它们白天看起来还是有点可爱的，但是一旦黑暗降临……幸好菲利克斯住的地方并不经常下雪。不过，他每年冬天还是会保持高度警惕。

敌人2号

- 谁？球球，邻居家的笨狗。
- 什么地方？在房子里，或者房子周围。
- 什么时候？一直。
- 发生了什么事？

    菲利克斯只做了一件事，就把这个生物变成了敌人，那就是运球。这个臭家伙快被篮球搞疯了。它大声狂吠，差点没把菲利克斯的耳朵震聋。但是菲利克斯必须要运球，否则他就永远没法成为一名伟大的篮球运动员。他可不能让一只狗把这事儿给搞砸了，更别说那只狗的名字就叫"球球"。

敌人3号

- 谁？那些骂人的女生。
- 什么地方？在学校里。
- 什么时候？去年开始。
- 发生了什么事？

　　学校里有两个小姑娘，总喜欢对着那些比自己小的男孩喊"笨蛋"或"小屁孩"之类的。菲利克斯很奇怪她们为什么要这么说。要是她们说他是"骷髅"（他确实很瘦）或者"脑袋上长翅膀"（他也确实长着一对兜风耳），他倒还能理解。但"笨蛋"是什么意思？他们只是看上去个头比较矮小（学校里女生的个子总是看上去比男生高一些），由于运动技能还没有发育完全，偶尔会显得有些笨拙。

　　菲利克斯看着他的列表。至少敌人的情况都很清楚了。但他还得搞清楚该如何"做"朋友。

星期三

小东西

第 5 天了，这个问题仍在困扰着菲利克斯。

我该如何做朋友呢？

他根本没心思想别的事情。他去了爷爷的工作室。爷爷半年前就过世了，但大家还是把这里叫作"爷爷的工作室"。它曾经是爸爸的船坞，直到他的船经过多年的打磨、刨光和上漆之后终于下了水。当时他爸爸甚至还用那艘小船参加了比赛，之后就不怎么花时间做手工活了。而爷爷总在这里做各种各样的杂活，于是船坞慢慢变成了他的工作室。菲利克斯很喜欢来这个地方。之前放船的空间现在完全被其他东西占据了，包括几张工作台、一张绘图桌、一把高高的转椅、一两个炉子，还有一把很大的安乐椅。没有多少光线通过小窗户进入房间，因此，这里的一切都显得很酷。

房间里有机油、金属粉末和灰尘的气味。那是工作的气味，"真正的工作"。天热的时候，这里闻起来像"真正的工作"和蓝纹奶酪。总之，不会是文件的气味。"我肯定能在这里想到办法。"菲利克斯想道。

他拿来一大张绘图纸,放在宽大的工作台上。他用老虎钳把纸夹住,这样这位朋友就跑不掉了。菲利克斯咯咯笑了起来。他想象着爷爷一脸惊讶地看着他的样子。

"我在做朋友呢,爷爷。"他说。

"哦,孩子,需要我帮你吗?"

"好呀。"

菲利克斯负责绘图和找东西,爷爷则在一旁评论。然后他们再讨论一番。大多数情况下他们的意见都很一致。头盖骨必须特别坚固才行,以免打架时摔到地上撞坏了脑袋。头部必须可以顺畅地转动,这样你在课堂上找他说悄悄话的时候,他才能听到你的声音。额叶[1]上面要加上新的弯曲和褶皱,确保他可以好好思考,在想到你时能给出"我的朋友可真不错"这样的想法。舌头的味蕾上要有一层保护膜,这样你的朋友就可以把你不爱吃的东西统统吃光。手腕必须足够柔韧,可以活动自如。膝关节必须经过良好的润滑,这样才能每次都成功射门。胳膊最好要长一些,这样你的朋友就可以随时拥抱你了。那屁股呢?它一定要足够灵活,可以跟着维瓦尔第的《四季》跳舞。

"你说维瓦尔第吗,爷爷?"

"是的,孩子,相信我。"

过了一会儿,菲利克斯看着他的作品。

"哇哦,"他想道,"看起来像真的一样。"

"谢谢你,爷爷!"

"细节决定成败。孩子,记住了,就是那些小东西。"

菲利克斯把那张纸整整齐齐地叠了起来,把草图放进笔记本里。

"我干得真不赖。"他想。

---

1. 人的每个大脑半球有四个脑叶,大脑的最前部是额叶。

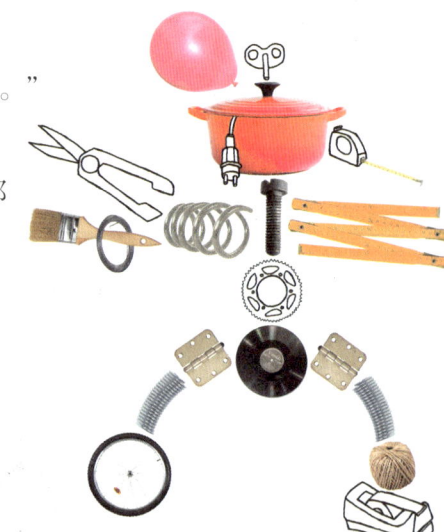

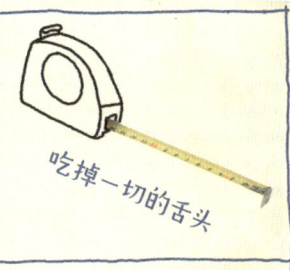

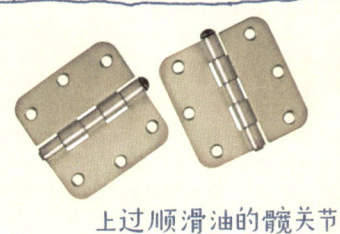

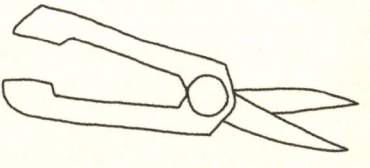

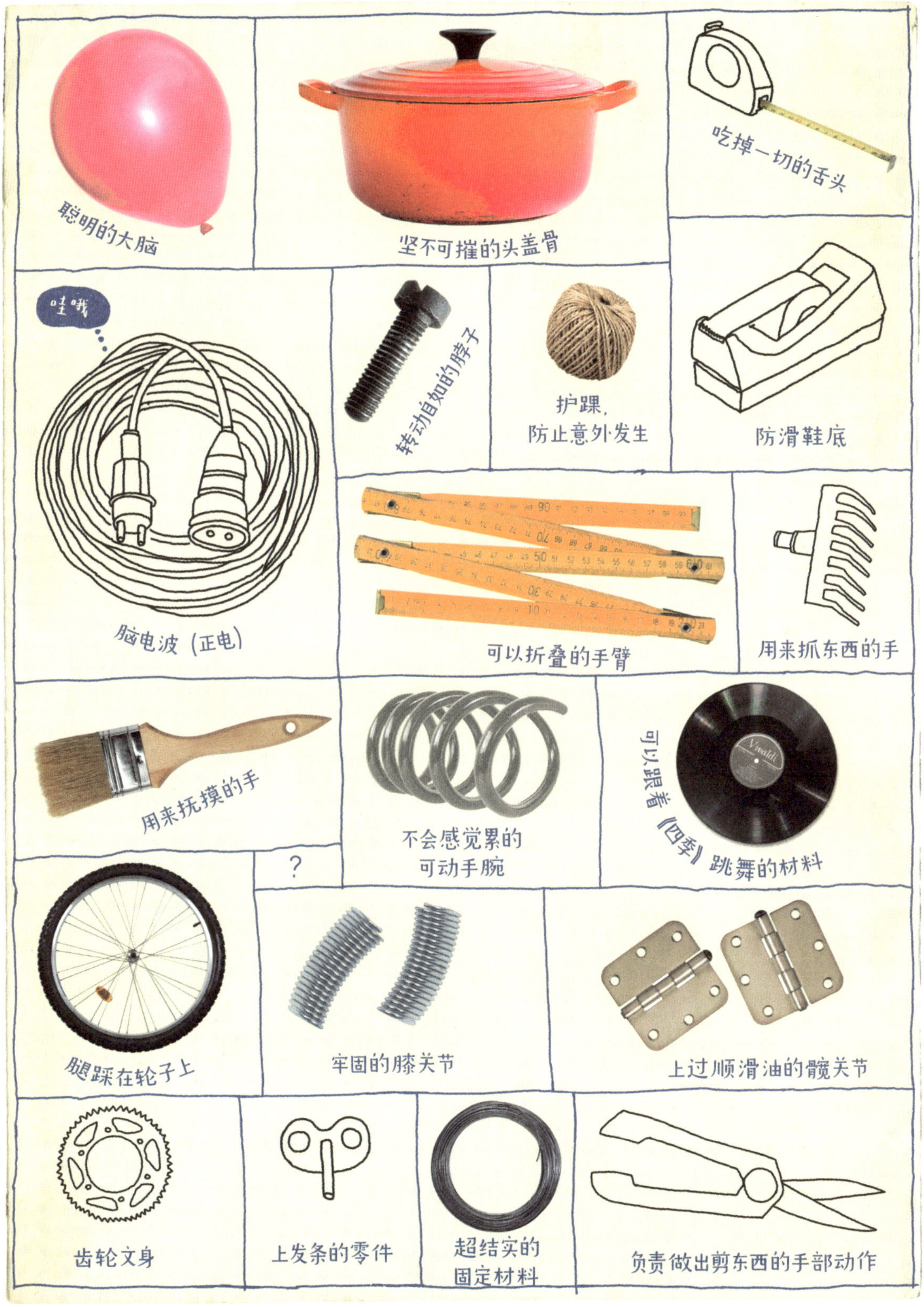

聪明的大脑	坚不可摧的头盖骨	吃掉一切的舌头
脑电波（正电）	转动自如的脖子	护踝，防止意外发生	防滑鞋底
	可以折叠的手臂	用来抓东西的手
用来抚摸的手	不会感觉累的可动手腕	可以跟着《四季》跳舞的材料
腿踩在轮子上	牢固的膝关节	上过顺滑油的髋关节
齿轮文身	上发条的零件	超结实的固定材料	负责做出剪东西的手部动作

哇哦

?

菲利克斯

他正准备大干一场,却听见了妈妈的呼唤。

他 跑过 花园 小 径。

她并不是随便叫叫他的名字,她大声喊着,好像房子着火了一样。她已经站在门边等着他了,食指直直地向他伸着。

"哎哟,哎哟,有根刺,"她呻吟道,菲利克斯已经知道她说的是哪里了,"在我的指甲下面。"

虽然大多数时候是他需要妈妈,不过有时妈妈也会需要他。尤其是被刺扎到的时候。她总是遇到这种情况,因为她的工作台又老又旧,上面粗糙不平。这个工作台是菲利克斯的爸爸用一扇旧门做的。那个时候他还没有做船呢。他觉得这块饱经风霜的木头很美。"一定要让它保持这种粗糙感,"他说,"这样的感觉就像你在森林里工作一样。"

妈妈也觉得这样没什么问题。对她而言,只要有个地方放文件就行了,所以有些刺她也忍了。如果刺扎得太深,就需要菲利克斯帮忙了。她曾经称他为"拔刺医生"。

"这次我们要拿它怎么办呢?"菲利克斯做完"手术",把那根狡猾的木屑举到空中问道,"是放到福尔马林里,还是把它烧掉呢?"

"来烤蛋糕吧。"妈妈把手指含在嘴里回答道。

菲利克斯可以选择到底要烤什么蛋糕。最终他决定烤一个"颠倒蛋糕。"

颠倒蛋糕的做法

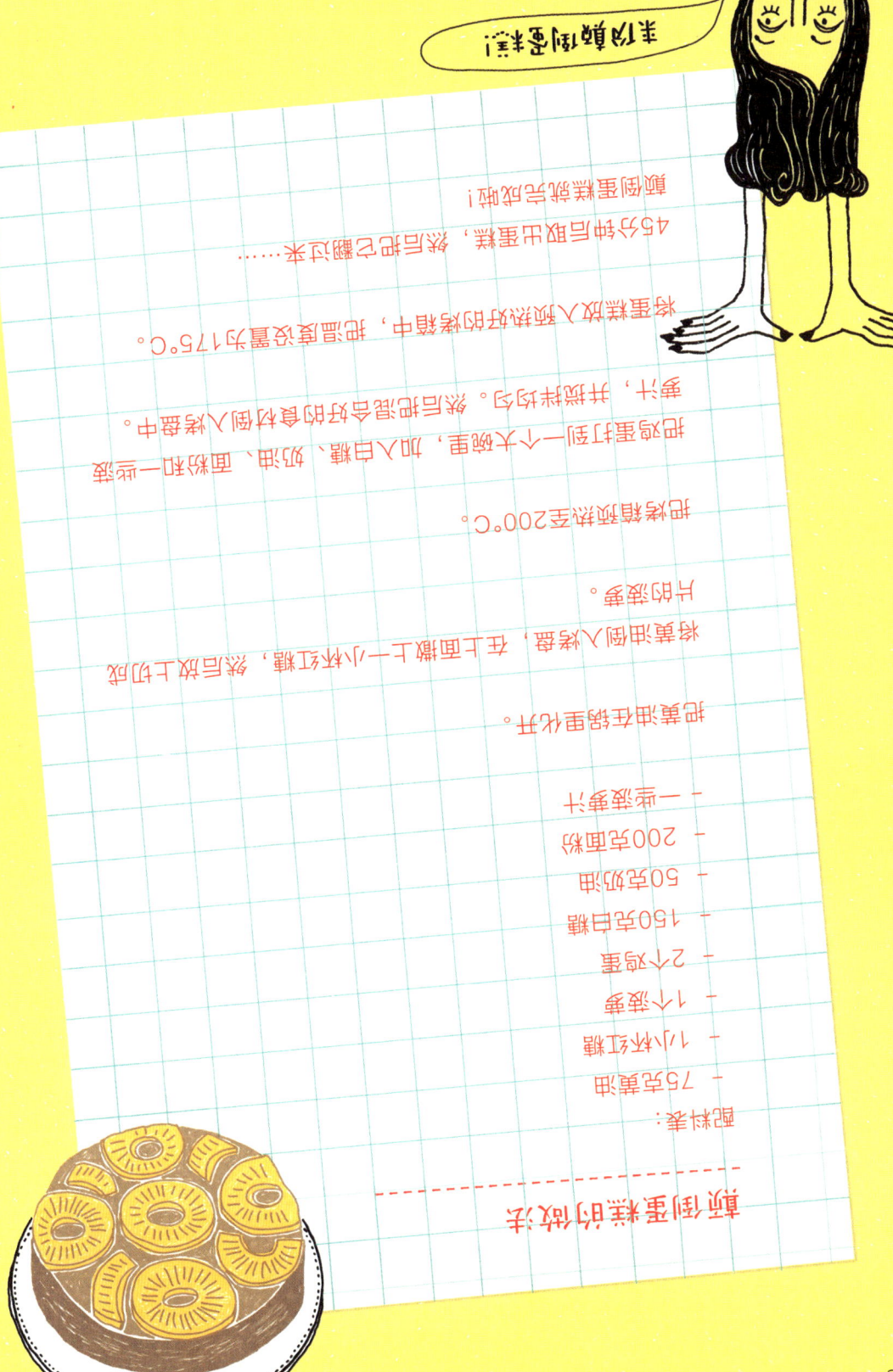

配料表：
- 75克黄油
- 1小撮红糖
- 1个菠萝
- 2个鸡蛋
- 150克白糖
- 50克奶油
- 200克面粉
- 一点菠萝汁

把黄油在锅里融化。

将黄油倒入烤盘，在上面撒上一小撮红糖，然后放上切成片的菠萝。

把烤箱加热至200°C。

把鸡蛋打到一个大碗里，加入白糖、奶油、面粉和一点菠萝汁，并搅拌均匀。然后把混合好的食材倒入烤盘中。

将蛋糕放入预热好的烤箱中，把温度设置为175°C。

45分钟后取出蛋糕，然后把它翻过来……

颠倒蛋糕就做好啦！

我做饭给你吃！

他们一起称食材的重量，打鸡蛋，把食材倒进烤盘。

蛋糕在烤炉里被烤了个把钟头，蛋糕的确是香喷喷的，正如非利克斯所希望的一样。

菲利克斯用剩下的菠萝汁制作了汽水，妈妈甚至把碗里剩下的食材都舔干净了。她张开塞满面团的嘴巴（妈妈有时候爱吃生面团），询问菲利克斯去爷爷的工作室干什么。他迅速跑到工作室去取夹着草图的笔记本，然后又迅速跑了回来。他只离开了不到一分钟，但是等他回来之后，她已经再次打开文件夹放在了桌上。他开始向妈妈解释，但她一眼就看穿了他的想法，并说："原来是这样啊，儿子。你小子真有一套啊。"

此时，妈妈已经把洗碗池清理干净了，剩下的那些面团也舔光了。

星期四
必要和不必要的部分

第二天一早，菲利克斯坐在餐桌旁。

妈妈已经开始埋头处理文件了。

"我该怎么做朋友呢？"菲利克斯问自己。

"不知道。"他回答自己。

妈妈抬起头看了他一眼："你帮我去一趟肉店行吗？"

"能不能不去啊？"

"不能，除非你一会儿不想吃饭了。我现在忙得要命，有个很麻烦的问题要处理呢。"

"我也是。"他回答。他现在的情况和妈妈完全一样，有个很麻烦的问题要处理。他只写了一页纸，还有一些草图，但这些并不足以帮他解决问题。

他完全理解妈妈的心情，所以用一种充满同情的眼神看着她，但她只是把一张购物清单塞进了他的手里。

> 4 块猪排
> 250 克硬奶酪
> （切成薄片）
> 250 克瘦火腿肉
> 200 克法式香肠

嗯，法式香肠，里面有很多胡椒那种。他确实有点想念那个味道了，还有很多美食。如果有必要的话，他倒是可以在肉店买一些法式香肠带到营地去。但是他能带着朋友去吗？

他站在肉店里排队，反复回想妈妈的购物清单，就快轮到他了。

"稍微多称了一点儿，没问题吧？"肉店老板问。

"没事儿。"菲利克斯回答。

> 4 块猪排
> 250 克硬奶酪（切成薄片）
> 250 克瘦火腿肉
> 200 克法式香肠
> +1 个朋友

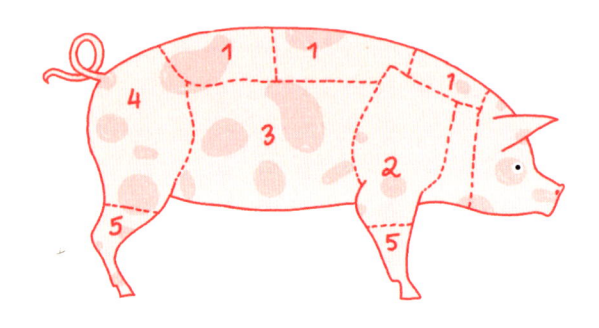

墙上挂着一张图，上面标出了猪身上的各个部分：前腿肉、里脊肉、后腿肉、五花肉……

"嘿，"菲利克斯想道，"我知道了……"他飞奔回家，马上开始行动。

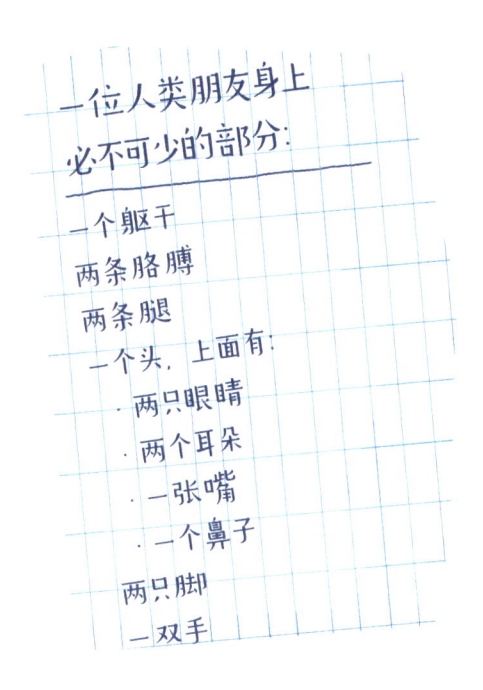

一位人类朋友身上
必不可少的部分：

一个躯干
两条胳膊
两条腿
一个头，上面有：
　两只眼睛
　两个耳朵
　一张嘴
　一个鼻子
两只脚
一双手

这些身体部位到底是怎么样的，并不是很重要。不管用什么方式，只要每样都有就行。就算少了一些东西，也不会全部完蛋。

只有脑袋是必不可少的。他可不想有一个没头脑的朋友。现在他又忙着加上躯干，这部分也必须要有，因为心脏在躯干里面。

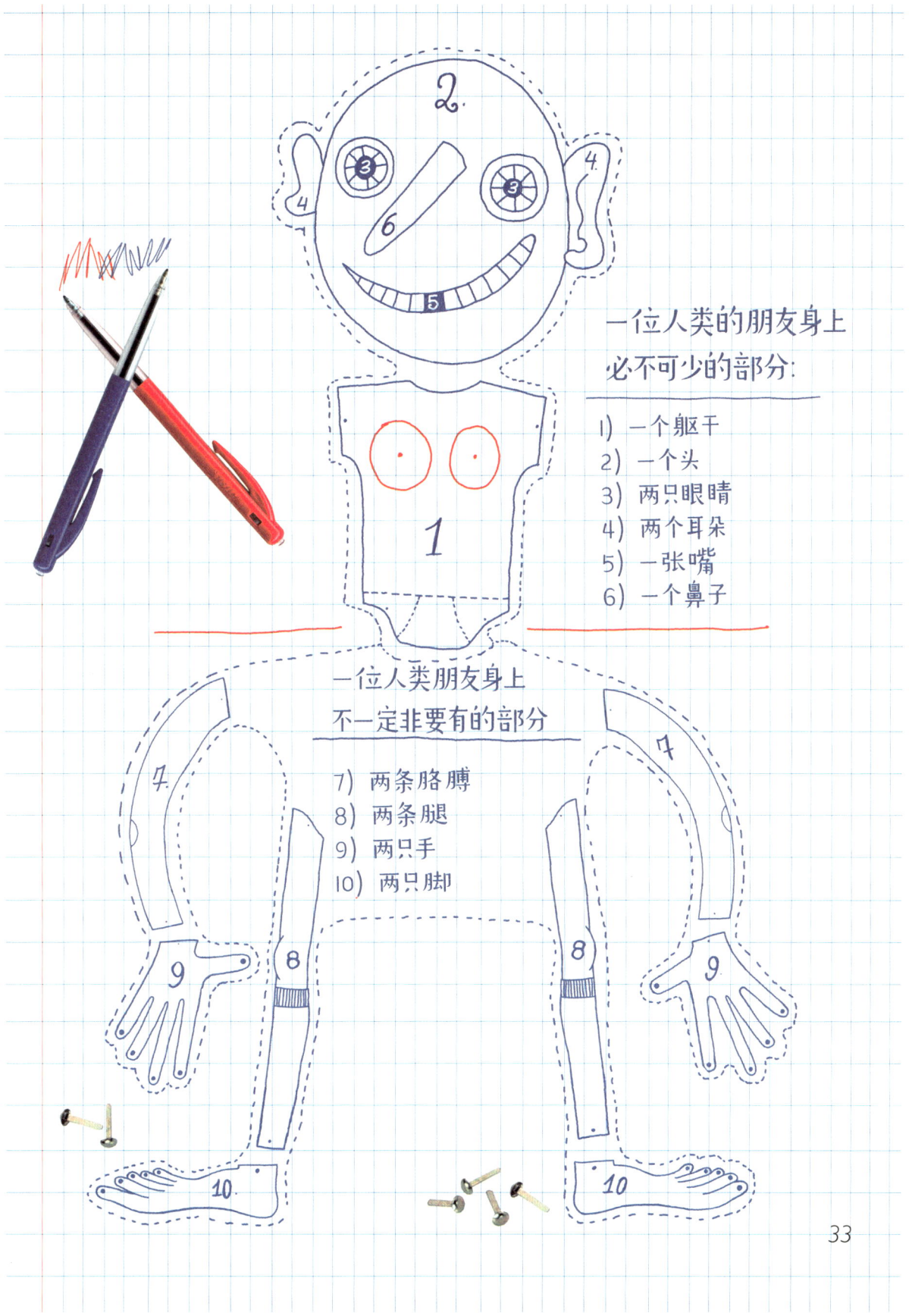

一位人类的朋友身上
必不可少的部分：

1) 一个躯干
2) 一个头
3) 两只眼睛
4) 两个耳朵
5) 一张嘴
6) 一个鼻子

一位人类朋友身上
不一定非要有的部分

7) 两条胳膊
8) 两条腿
9) 两只手
10) 两只脚

菲利克斯调整了一下自己的列表。

他觉得身体部分总结得差不多了，便合上了笔记本。"我干得真不赖。"

他来到客厅里，家里的唯一一个全身镜就在那里。菲利克斯把自己从头到脚看了一遍，冲着镜子里的影子笑了笑。"我可真完整，"他想着，"我的朋友就没必要这么完整了。但是再完整一点儿也行，有四肢也挺好的。"

然后他穿过走廊来到客厅里，和艾尔芒德、葛莱西和威利举办了一场枕头大战。在所有枕头用完之前，他把三个小家伙都"干掉了"。但他的战果不止这些：他还惊动了妈妈。

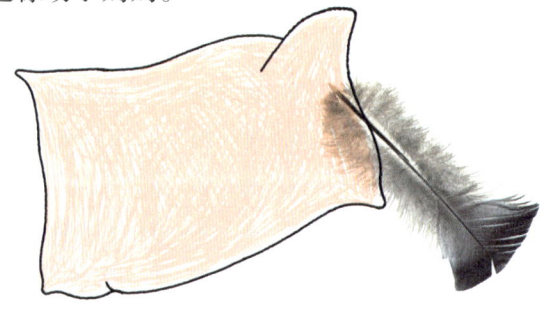

"给我站住，你这个胆小鬼，小坏蛋！"她说完，便火力全开地加入了这场战斗。

他们继续枕头大战，直到客厅里到处都是飞舞的羽毛。这时妈妈感觉玩够了。

"你赢了！"她说。

"那我有什么奖品吗？"菲利克斯问道，虽然他已经知道她会怎么回答了。

"妈妈的吻。"

这是她的固定奖励，而且躲都躲不掉。妈妈的吻落在他的脸颊上、脖子上和头发上。

"你刚才照镜子干吗呢？"她躺在他旁边的沙发上问道。

"没什么，就是数数我身体有哪些部分。"菲利克斯回答。

"都不知道你是怎么想到做这些的！"她放声大笑。她笑得实在太厉害了，不得不跑到浴室里缓一缓。

菲利克斯迫不及待地想跟她解释一下他是怎么想到的——当然是从他的研究里想的！他想告诉她一个朋友需要哪些零件，但她回来之后就立刻坐回了自己的电脑前。

她的脸上仍然挂着微笑，但她不再听菲利克斯说话了。

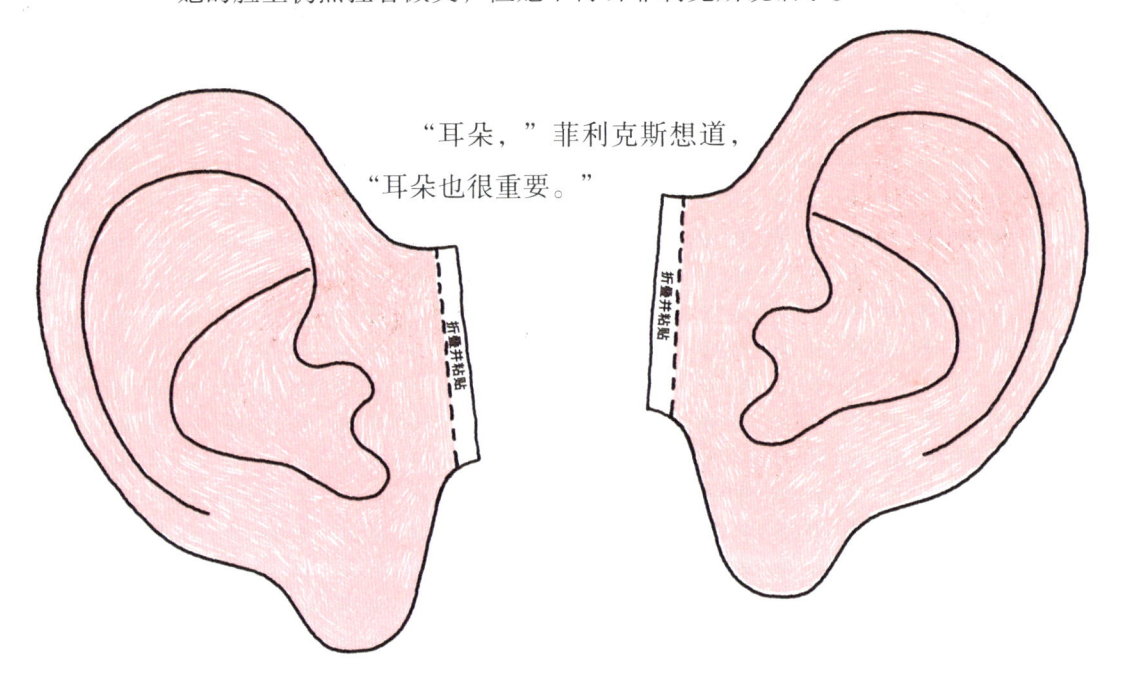

"耳朵，"菲利克斯想道，"耳朵也很重要。"

超级万能胶

星期五
朋友的衣服

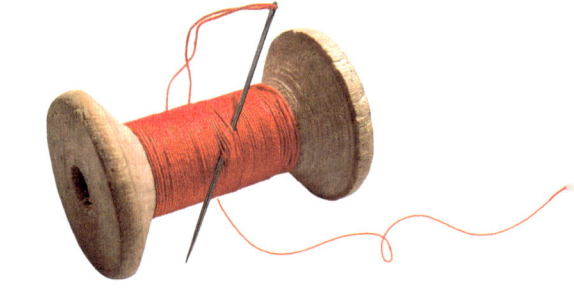

还有三天就要去营地了。爸爸准备帮他收拾行李，因为妈妈太忙了没时间。

菲利克斯换上制服时，爸爸说："你又长高了！"爷爷冲他眨了眨眼："好样的，小伙子。这说明你吃得多睡得好。"爷爷相信吃好睡好就能快快长大，爷爷经常这样说。

菲利克斯的衬衫大小刚刚好，但他的裤子都太短了。

"没事儿，"爸爸说，"我这儿正好有个做新裤子的纸样。我一会儿就能做出三条来。"

"你？"菲利克斯问，"你还会做衣服呢？"

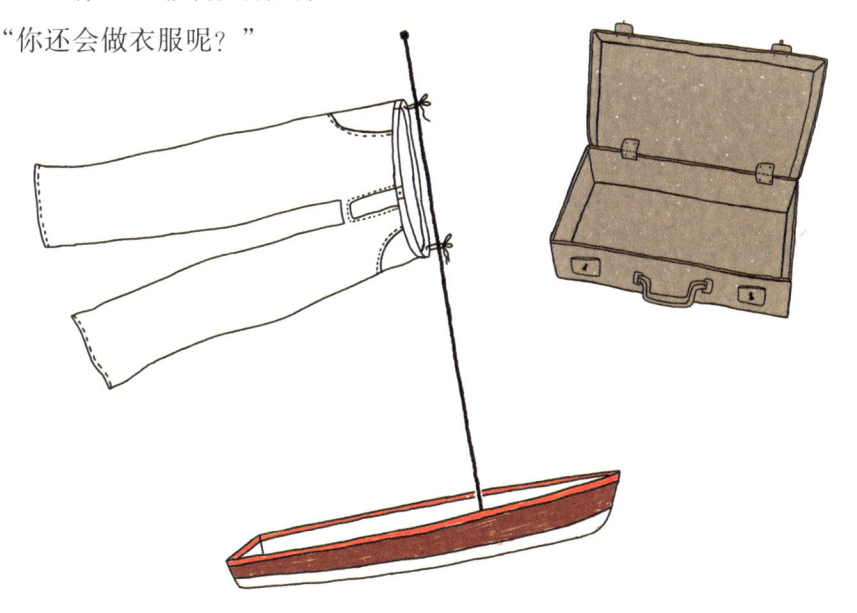

"那当然，"爸爸回答，"我会修理船帆呀，你记得吧？"

爸爸刚刚结束一次航行回来。菲利克斯差点儿就跟他一起去了，但是风太大了。

"我可以。"菲利克斯恳求道，但爸爸坚决不许他同去，因为实在太危险了。

他把一块结实的蓝色棉布展开，开始量尺寸和剪裁。"小祖宗，过来跟爸爸说说，"他一边缝线一边问，"你这几天忙什么呢？"

"我在做一份文件。"菲利克斯回答。

"听着不错嘛！是关于什么内容的？等等，你先别说，让我自己猜猜。危险的海怪？能杀人的有毒矿物质？行星的位置？还是快要消失的星座？"

"关于如何做朋友的。"

爸爸想了一下，然后说道："你费穿着这条裤只早到崩友的。"他用牙咬着一根针，所以他的话有些含混不清。

伴着缝纫机的噪声，衣服做好了。

俗话说，人靠衣装。这句话或许也能说成：做朋友靠衣装？

菲利克斯立刻开始了新的行动。衣服是很重要的！至关重要！没有合适的衣服，哪儿来的朋友？他开始在剩下的纸样上画了起来。

内衣是鲨鱼皮做的，有利于迅速行动

耳罩里面缝了一个对讲机（菲利克斯则戴着另一个对讲机）

这件毛衣是用安哥拉兔毛做的，那是最柔软的兔毛（对不起啦，威利）

这款工装裤有一千零一个口袋，里面可以装下一千零一份必备物资

这个帽子充气以后可以变成枕头和降落伞

这根皮带要在腰上缠九圈，可以用作逃生绳

…………

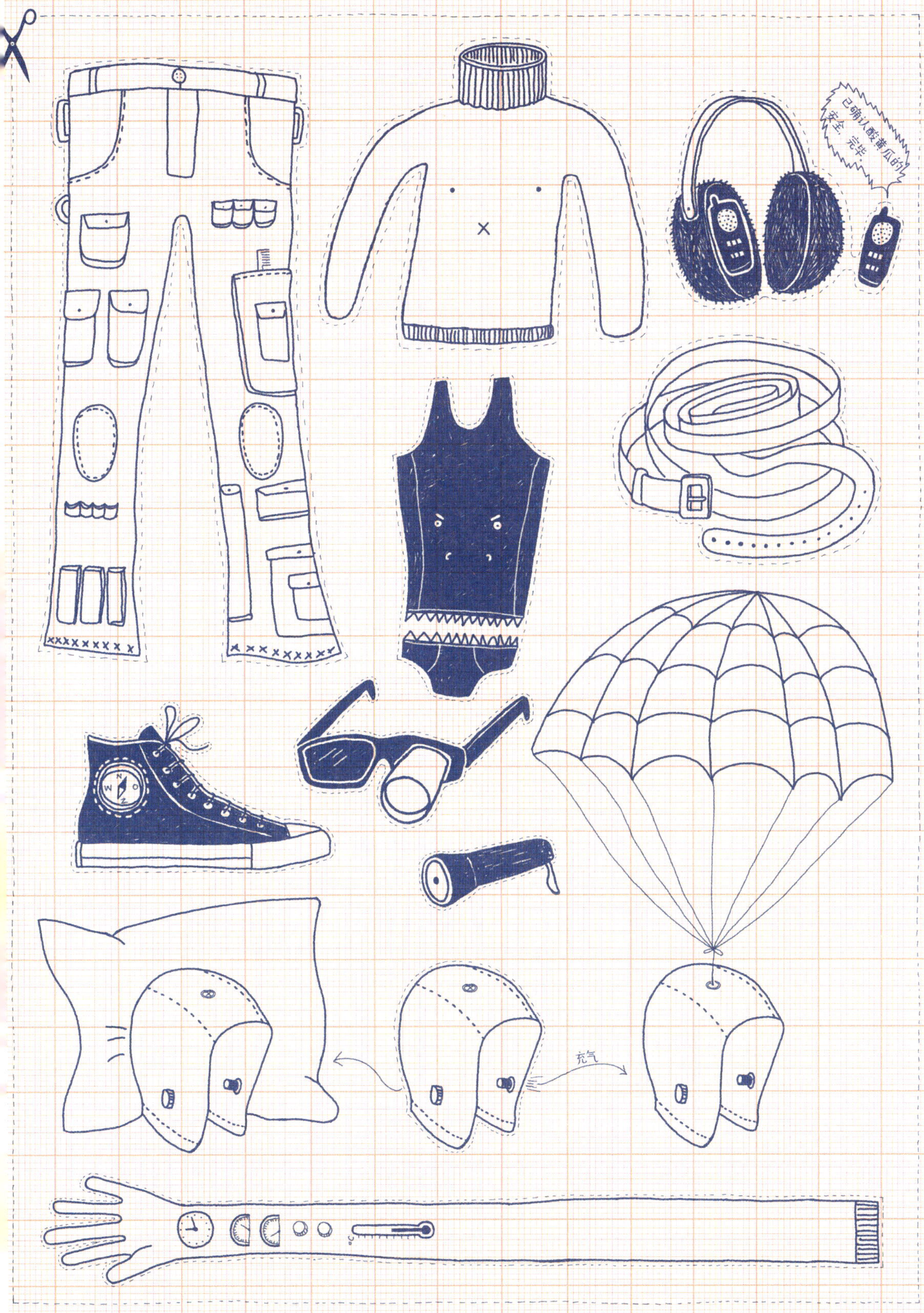
已确认酸黄瓜的安全，完毕。
充气

衣服看起来很完美。

"我干得真不赖。"他想。

"你在那儿瞎捣鼓什么呢?"爸爸问。

"瞎捣鼓?"菲利克斯说道,"等着瞧,等你看见我朋友穿的流线型战斗服,看你还会不会用这种逗小孩儿的口气跟我说话。"

"你试试这条裤子吧?"

那是几条普普通通、结实耐穿的蓝色露营裤。

"真的有必要试吗,爸爸?"

第一条裤子挺好的。第二条也挺好。第三条也是。

完事儿了。

只有爸爸满脸喜滋滋的,或许爷爷也是,但是菲利克斯根本不在意。

"我要给植物浇水了,过来搭把手吧?"爸爸问道。

"行。"菲利克斯回答。

爸爸把花园里的喷水软管放下来,像放下一条长长的蛇。这样菲利克斯就可以拿着它洒水了。

嘿,你猜怎么着?他还没给一片绿叶浇上一滴水呢,就已经把爸爸喷得浑身湿透了。

爸爸准备进行反击,而菲利克斯已经逃跑啦。他紧紧抓着那条"蛇",爸爸的自卫武器只剩下一个小喷壶。不过菲利克斯也被弄湿了,这也是没办法的事。等到两人的身上连一块干的地儿都不剩了,这次喷水大战才停下来。

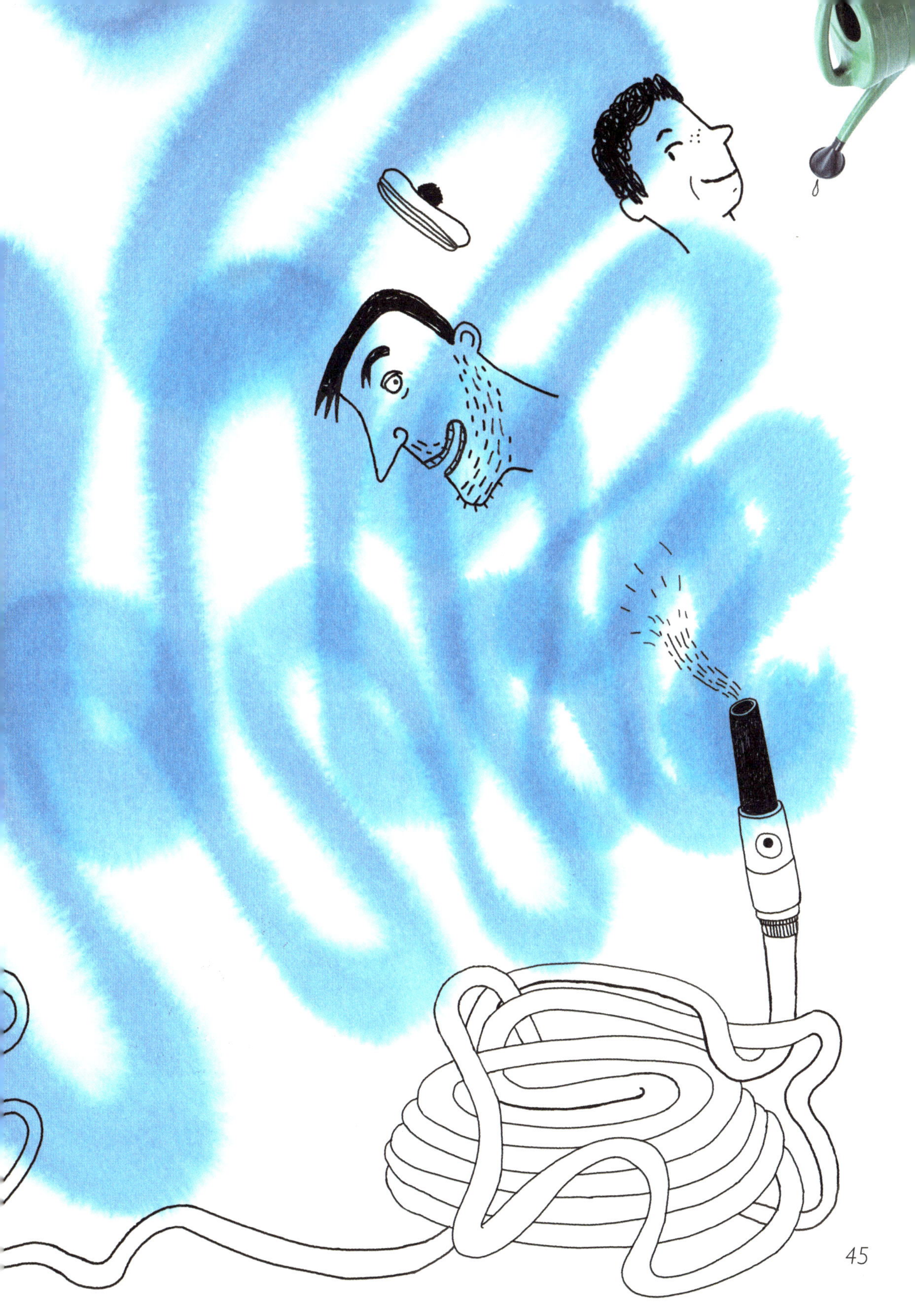

他们穿着内裤，躺在一条浴巾上。或许他们应该看看云，可惜天上一片云也没有。

"两个臭男人躺在这儿干什么呢？"

妈妈来了。她最不擅长的事大概就是"什么都不做"了。菲利克斯和爸爸一起冲她咧嘴傻笑着，被灿烂的阳光刺得眯起了双眼。然后他们把她给"菲利克斯"了。"菲利克斯"指的是把一个人扑倒在地。这是个编出来的词，但是如果你被"菲利克斯"了，这个词就显得很真实了。妈妈很快就投降了，但是很快又站了起来。

"好啦，我还有工作呢。那么多工作一时半会儿肯定是做不完的。"

她大步离开了，回到她的工作台。菲利克斯和爸爸仍然躺着。天空的蓝色让菲利克斯想起了去营地要穿的新裤子，接着想到了他的事情。他该如何做朋友呢？不管怎么说，就这样懒懒散散地躺在草地上肯定是不行的。是时候干点正事儿啦。

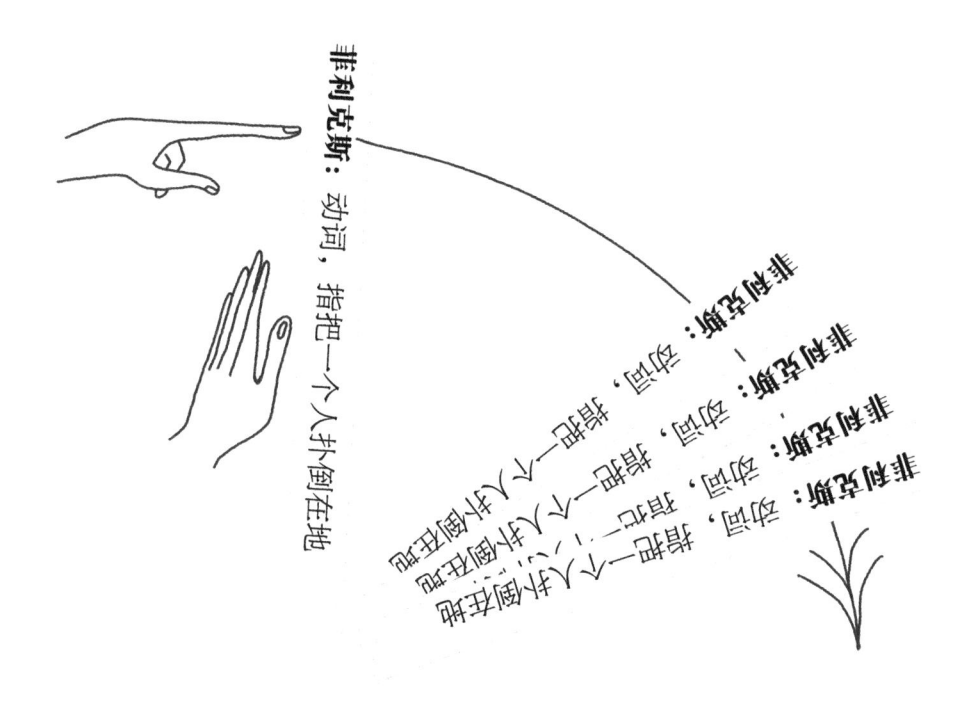

菲利克斯：动词，指把一个人扑倒在地

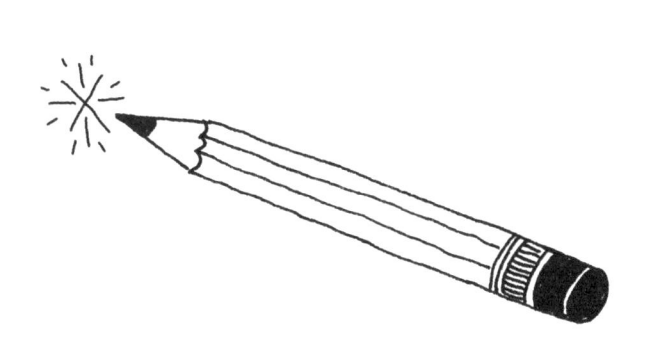

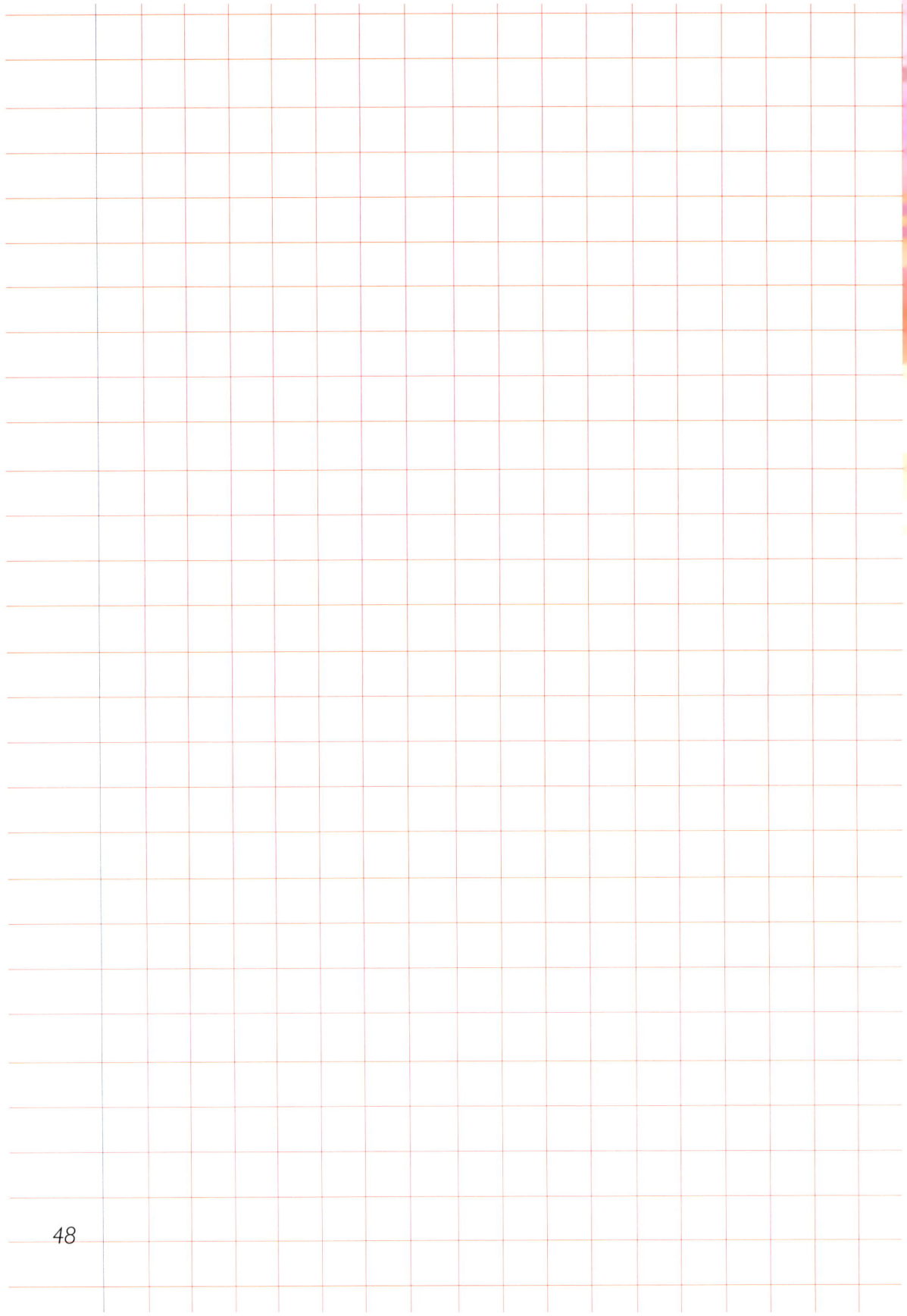

星期六

健康!

今天是星期六。菲利克斯和爸爸妈妈一起去奶奶家吃饭。奶奶有一点和爷爷不一样，那就是她还活着。奶奶很喜欢做饭，但她不喜欢做肉食。

"这些谷物啊，"奶奶大声叫道，因为她有点聋了，"可比你吃的那些肉健康多了。"其实菲利克斯觉得这些食物都很奇怪，但他还是把它们吃光了。要不然奶奶会伤心的。她的眼睛永远是湿漉漉的，但是如果你真的不动盘子里的菜，她就真的要流眼泪了。

"对啦，孩子，"她对着他的耳朵大喊，"他们什么时候送你过去？"

"后天！"菲利克斯也喊了起来。

他的爸爸妈妈装作什么也没听见的样子。他们一声不吭，默默吃着豆腐配李子、炸扁豆和丸子。每个人都闷闷不乐，即使有一道坚果布丁作为甜点。

"你的工作弄得怎么样啦？"爸爸一边洗碗一边问。

"还差一点儿。"菲利克斯和他的妈妈同时答道。

奶奶和菲利克斯坐在玻璃花房里。她装香草的罐子都在这里。"是时候来点儿好茶啦。"奶奶低声说道。她把自己的香草书拿过来，嘴里念叨着："藏红花、鼠尾草、节节草、香紫苏、西芹、千里光、圣约翰草。"

"圣约翰草！"奶奶的声音在他的鼓膜上振动着，"圣约翰草会让你振奋起来的。"

奶奶的茶壶唱起了歌。

朋友呀，朋友呀，温暖的朋友呀，喝下这首歌，做个朋友吧

51

爷爷从热乎乎的水蒸气之间冒了出来,他的眼镜上也蒙了一层蒸汽。

菲利克斯小口小口地抿着茶水。忽然,他有了个想法。

一种可以变成朋友的饮料。他之前还从来没想过这个呢。

他回到厨房拿自己的本子。爸爸妈妈正在跟着狂野的音乐跳舞。

"友谊之水"配料表

原拉拉藤
玻璃翠
勿忘草
衣物柔顺剂
防打结护发乳
蜂蜜
大蒜
钝叶酸模
洋甘草
茅膏菜
去虱洗发露

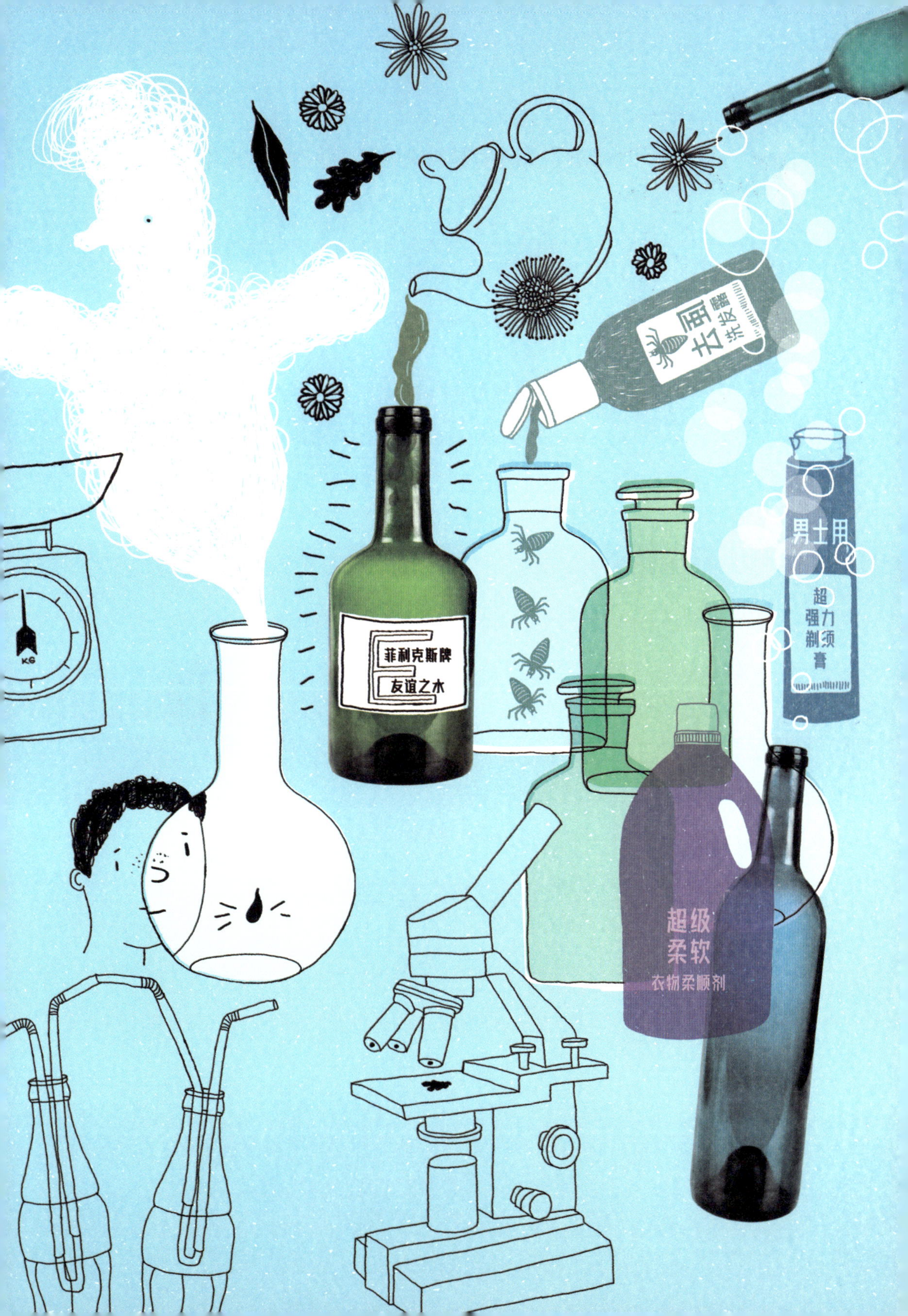
去虱
洗发露
菲利克斯牌
友谊之水
男士用
超强力剃须膏
超级柔软
衣物柔顺剂

爷爷轻声笑着:"哈哈,我觉得你这个饮料可能不太健康呦。好吧,也许友谊之水就应该这样,没错!我甚至都想给你当小白鼠了。"

"你试了也不算数呀,爷爷,"菲利克斯说,"你已经是我的朋友了,而且你已经死了。"

还要加点他自己的东西,菲利克斯想。因为这个饮料的意义是让人成为他的朋友,而不是所有人的朋友。

一滴血,
一滴唾液,
一两滴眼泪,
再加一把鼻涕。

"这配方太棒了!"菲利克斯开心地想。

他想给奶奶看看自己的成果,但她喝完茶就睡着了。爷爷躺在奶奶身边,把头靠在奶奶的肩膀上,假装鼾声是自己发出来的。

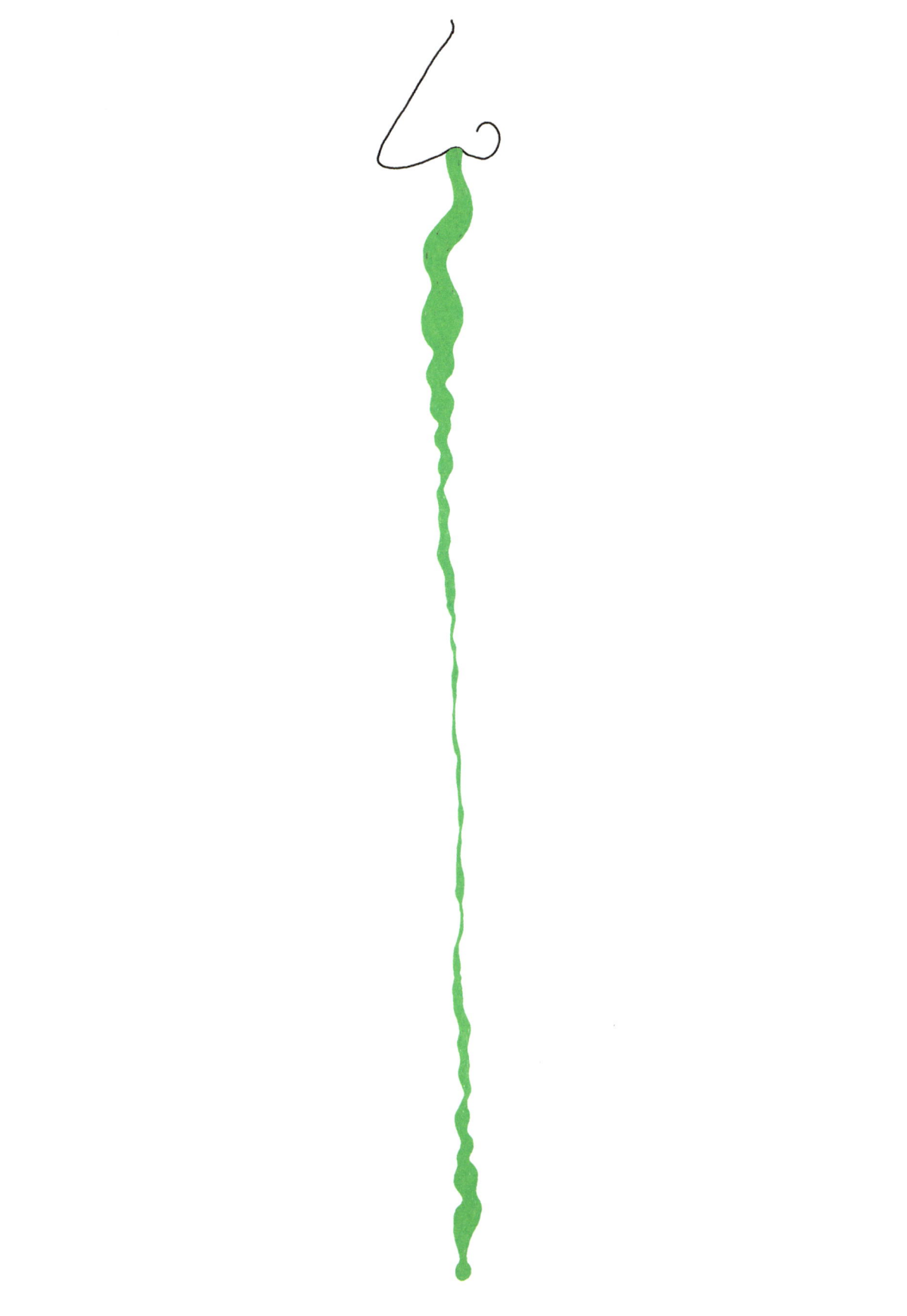

星期天

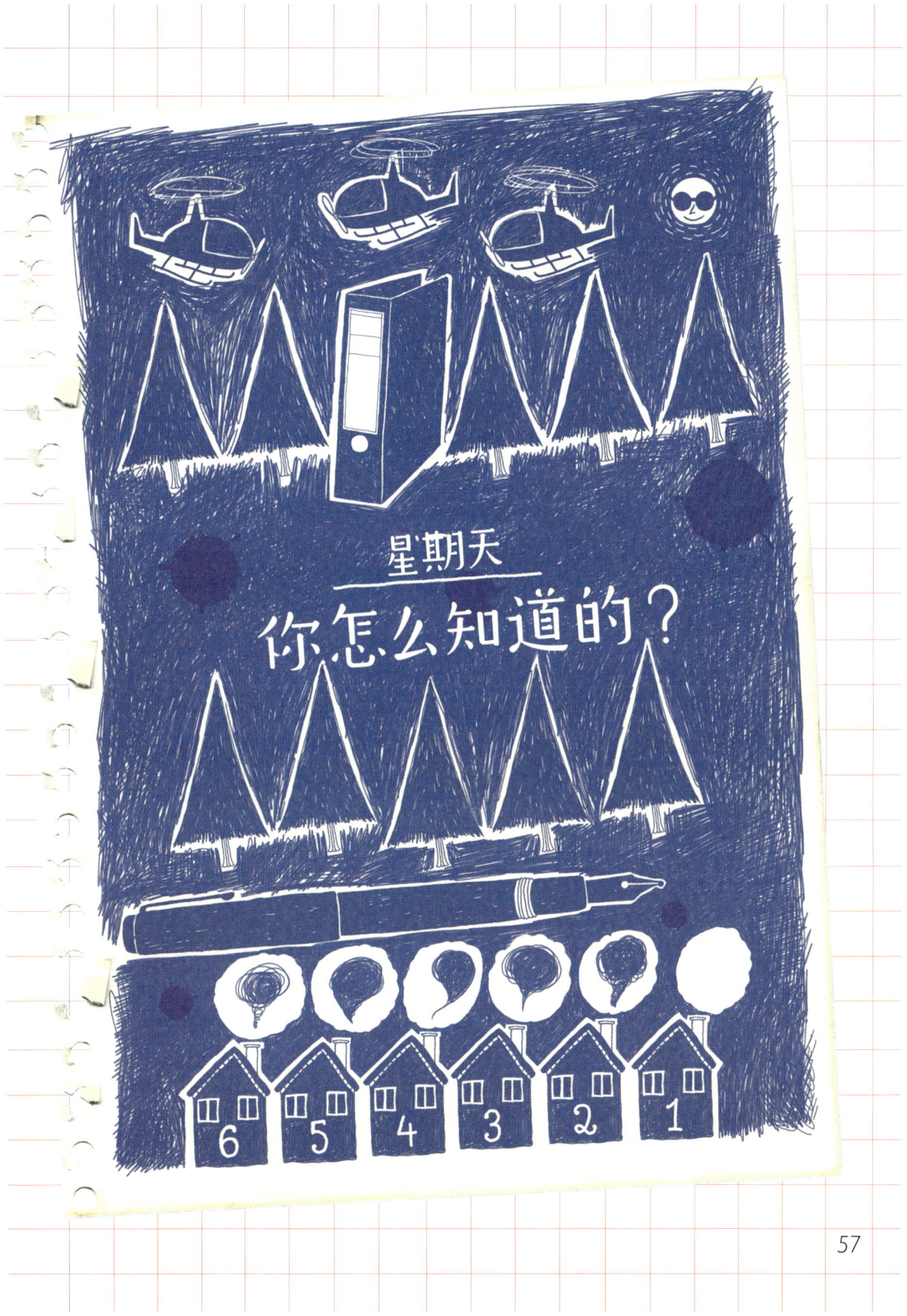

你怎么知道的？

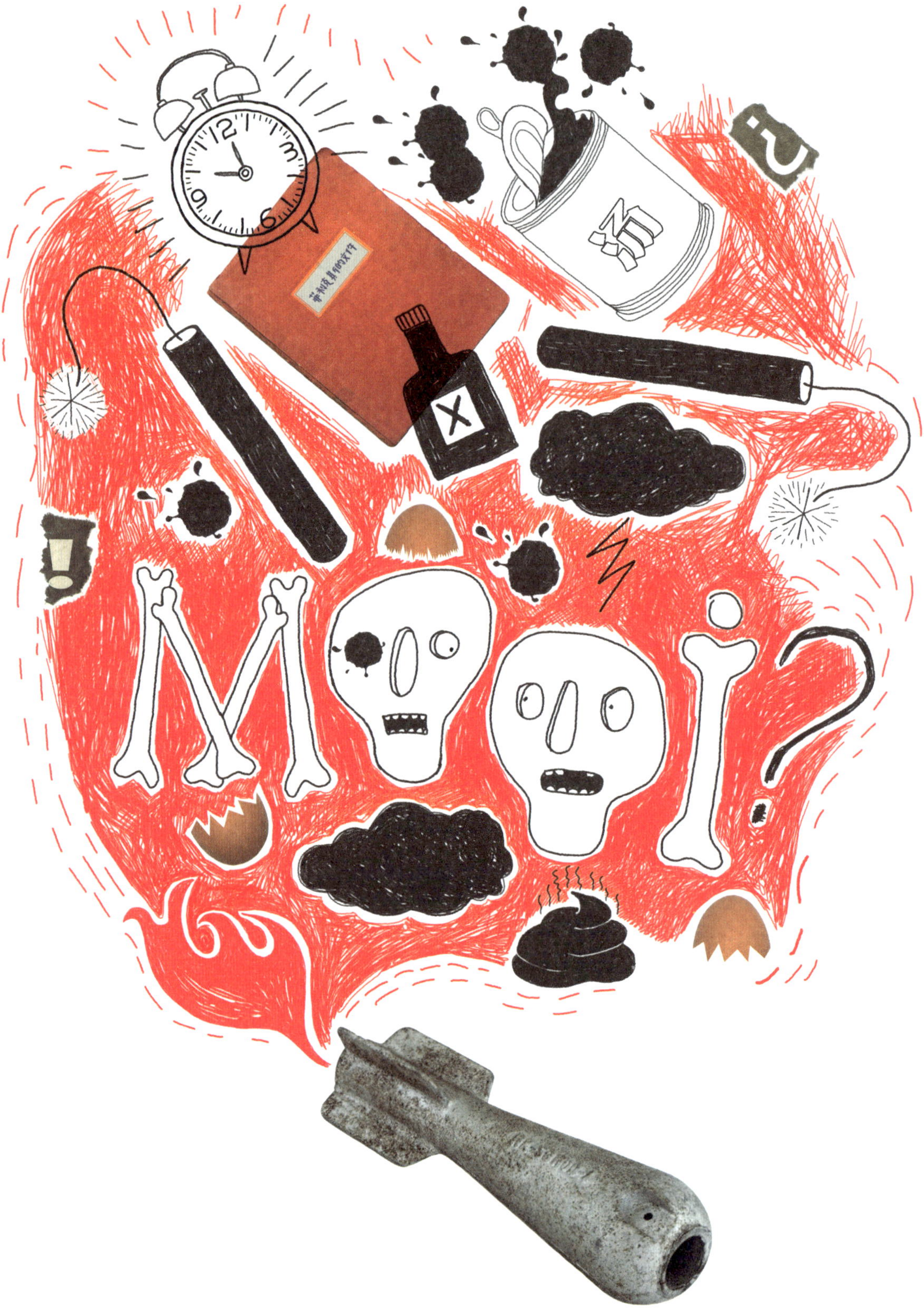

菲利克斯醒来时已经不早了。爸爸妈妈叫他坐到大床上来吃早餐，每逢周日他们就这样吃饭。托盘上甚至还放着培根炒蛋。"专门为了你准备的，"妈妈说，"吃饱了才有力气。"

"我不饿。"菲利克斯回答。他说的是真话。他一边小口抿着牛奶，一边浏览着他的本子。爸爸妈妈也一起凑过来看。

"真可爱。"妈妈评论道。

"是啊，做得很漂亮嘛。"爸爸附和着。

一瞬间，菲利克斯像一个装得太满的罐头一样突然"爆炸"了。嘭！如果他是汤的话，他现在已经挂在天花板上了。

可爱？
漂亮？

他的笔记本就这么完蛋了。

纸张飘散在房间里，炒蛋碎夹杂在其中，就像油乎乎的彩色纸屑。

爷爷消失了。

"哎哟。"爸爸妈妈吃了一惊。他们面面相觑，又一起看向他。

"或许你还需要加点词加点内容什么的，孩子。"其中一个人柔声说道。

"是啊，用适当的词语跟别人交流，也能帮你交朋友。"另一个人用更加轻柔的声音说道。

他们的意见非常统一。

"词语。"菲利克斯思考着。他从满是碎屑的床上爬起来,把他的纸扫到一起,然后便离开了。他得快点儿找到合适的词语,只剩下一天时间了。

再列个表吧。他需要更清晰的思路。他该用哪些词语做朋友呢?肯定不是"供应商"或者"国防税"这样的词,也不是"哦"和"啊"这样特别简短的词,更不会是"莫诺"或者"印多"或者"恩杜肯斯坦"之类根本不存在的词。

菲利克斯从架子最上面取下词典,带到了爷爷的工作室里。那里的气温很低,就像到了冬天一样。"你可能还以为这儿有个'冷冻人'呢?就连在夏天也一样……"爷爷又出现了,说着。

"冷冻人,"菲利克斯想道,"这个词不错。"他把这个词写了下来。然后他很快写出了很多词,这些词会让他想到朋友们,无论是真实存在的还是虚构的朋友。不需要任何书的帮助,他就能想出一堆这种词。

冷冻人
叽喳战争
比萨饼喷嚏
沙发懒蛋
鱼肉迷
菲利克斯

爷爷凑了过来。

"光找点儿词可不够呀，"他说，"你得赶紧再想点句子。像这种：'我可以称呼你为一朵美丽的鲜花吗？'我亲自试过，这话管用得很，不信问你奶奶。"

"爷爷！我是在找朋友，不是找老婆。"

"或者可以再想点笑话。鳄鱼和兔子谁睡觉早？答案是兔子，因为它只有两颗牙齿需要刷。"

爷爷被自己的笑话逗得直拍手。

嘭!

菲利克斯猛地一下合上了他的笔记本，页面底部的小房子冒出的烟都好像随之飘起来。只剩下一个小房子了。他拿来自己最粗的灰色铅笔，在整张纸上涂画着。一切都变成了灰色：字母、树木、直升机、酷炫的太阳，还有那个问号。所有东西都被烟覆盖了！"要的就是这效果。"菲利克斯想道。

然后他做了一件事，一件被严格禁止的事：

他点了一根火柴。"不要当冷冻人。"他想道。

"不要身体部分和饮料配方，不要草图和尺寸。"

"让不真实的东西发生变化。"

他坐在爷爷的椅子上望着那团火焰。橙色的火舌轻轻地舔着炉口。那是一团小小的、能够安抚人心的火。有一点点疯狂，却又如此温暖。

真是舒服极了！

他终于看到了。

做朋友的终极方法。

把一大锅水放在火上。如果你不喜欢味道太淡，可以加一点盐。还可以加一两粒丁香，再加一点辣椒。然后把本子放进去。加一点墙纸胶并进行搅拌。等它冷却一些，再往锅里看看。

菲利克斯俯下身去，看到了一张脸。

"嗨，老哥。"那张脸说。

"嘿，他看起来有点儿眼熟啊。"菲利克斯心想。

他有一对特别宽大的耳朵，但其他地方都没什么问题。总的来说看着还挺不错的！

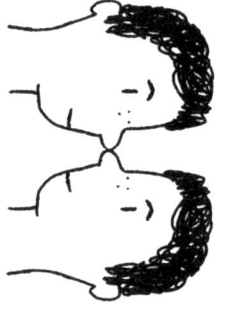

"我可以讲个笑话吗？"

"讲吧。"菲利克斯回答。

"好，那我讲了。从前有一只小狗掉进了井里……"

菲利克斯听过这个笑话。这是他最喜欢的笑话，他忍不住笑了出来。

然后他们一起东拉西扯，谈天说地。他们总能接上彼此的话，有时甚至能提前说出对方正准备说的话。菲利克斯说起了自己必须要去露营的事情，而那张脸安慰着他。

"那里不会下雪，没有邻居家的狗，也没有说你是笨蛋的女生。"

菲利克斯有些疑惑："你怎么知道的？"

那张脸向前伸着下巴，两个眼珠向外转，做出一副鬼脸。妈妈每次看见菲利克斯做这种鬼脸都会乐不可支，而菲利克斯这回也被逗得捧腹大笑起来。

等爸爸把他从爷爷的工作室抱回床上的时候，时间已经很晚了。妈妈走了过来，拂去遮在他脸上的头发。

"他的体温好高啊，"她说，"可别是发烧了吧。"

菲利克斯的脸上挂着微笑睡着了。

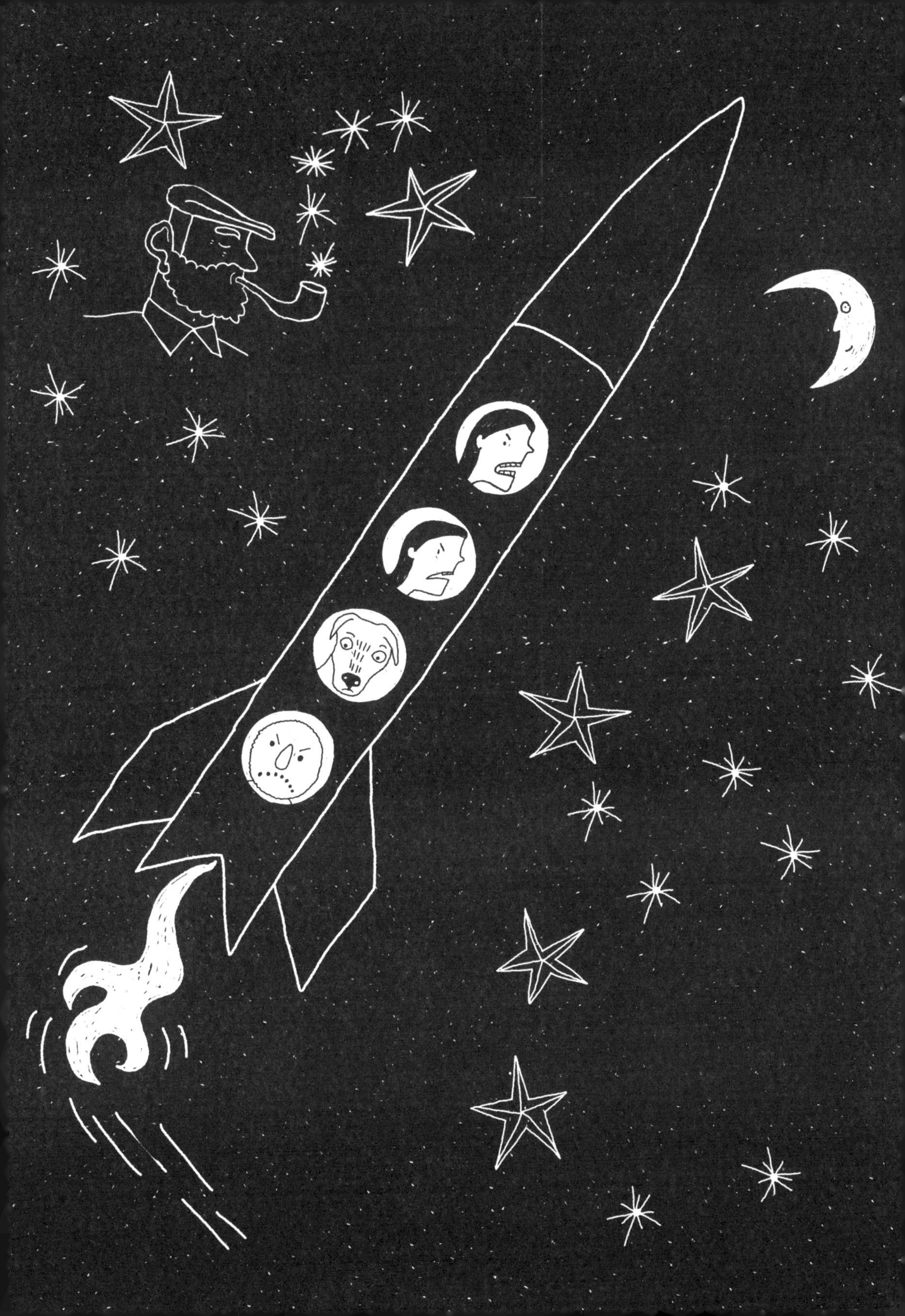

星期一

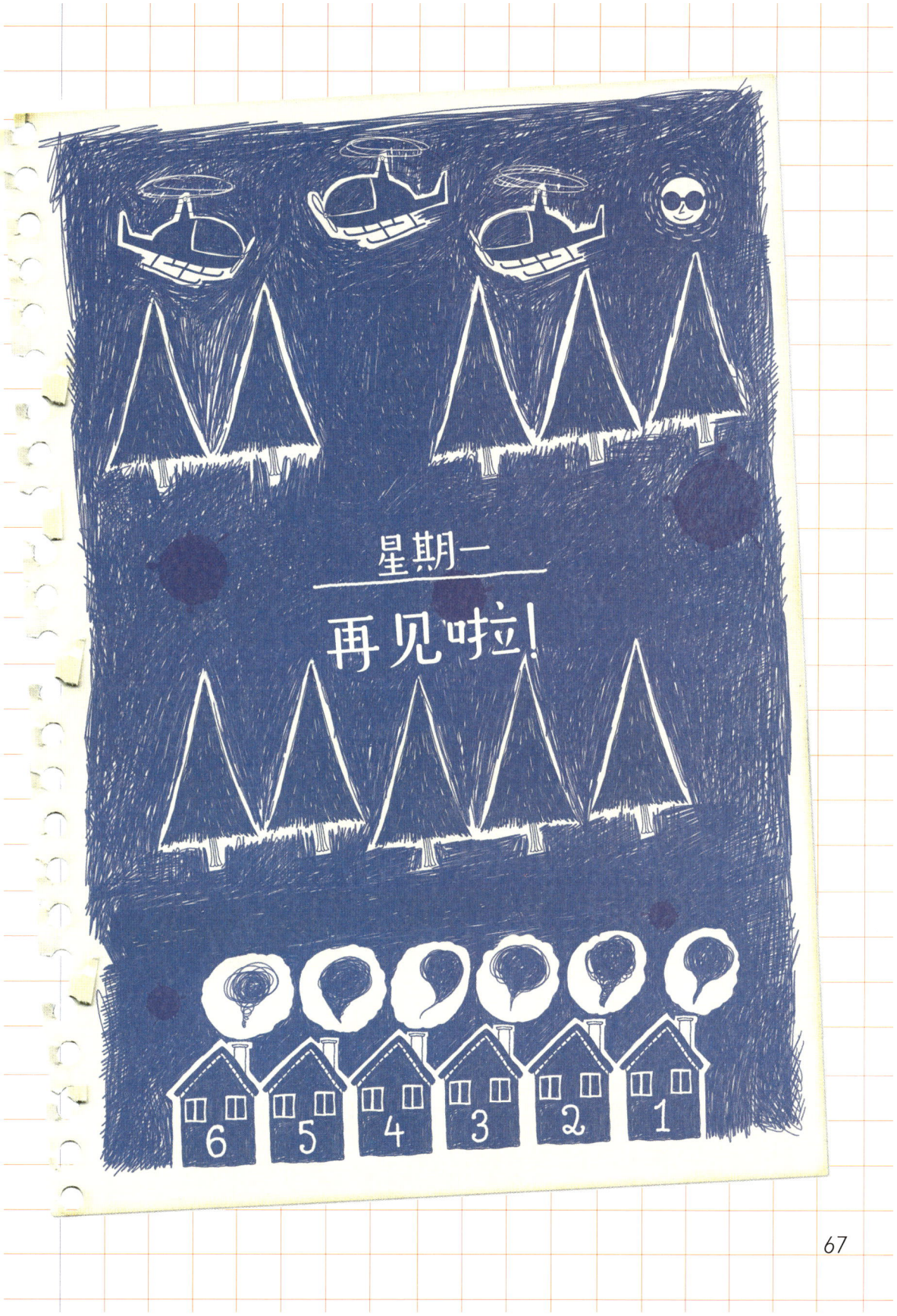

再见啦!

呼 呼

哎

公车上的人叽叽喳喳的。菲利克斯坐在第二排靠窗的座位上，这样他就可以向爸爸妈妈挥手了。他俩看起来有些焦虑不安。"可怜的妈妈，"菲利克斯想，"她的工作还没处理完呢。"

妈妈把手放在车窗玻璃上，菲利克斯把他的小手贴了上去。爸爸也把手放在车窗玻璃上，然后菲利克斯把他的另一只手也贴了上去。新裤子出奇的舒服，车上开始播放一部他早就想看的电影，到营地的路程也不是很远。

从前

向后

从左　　向右

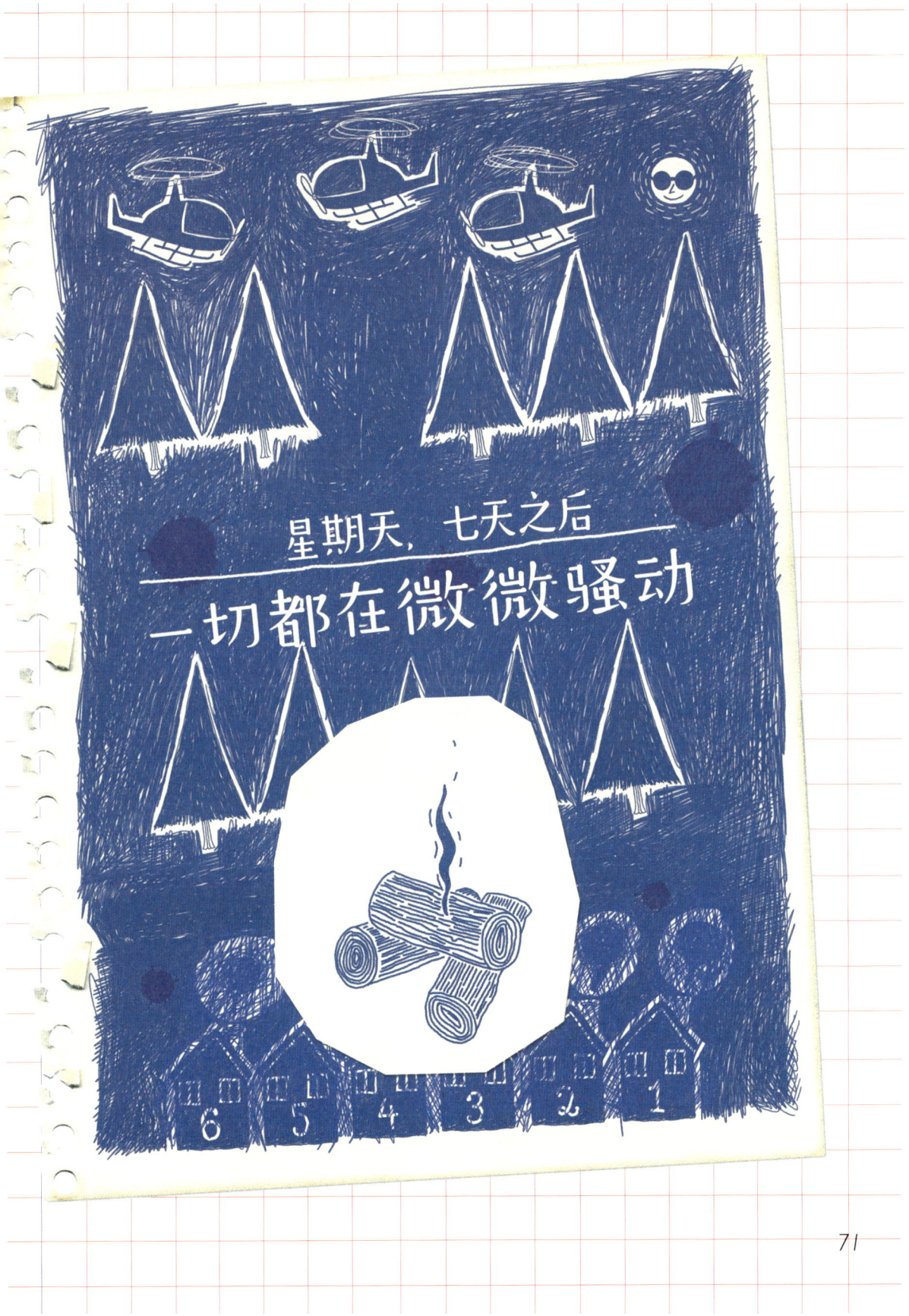

星期天，七天之后
一切都在微微骚动

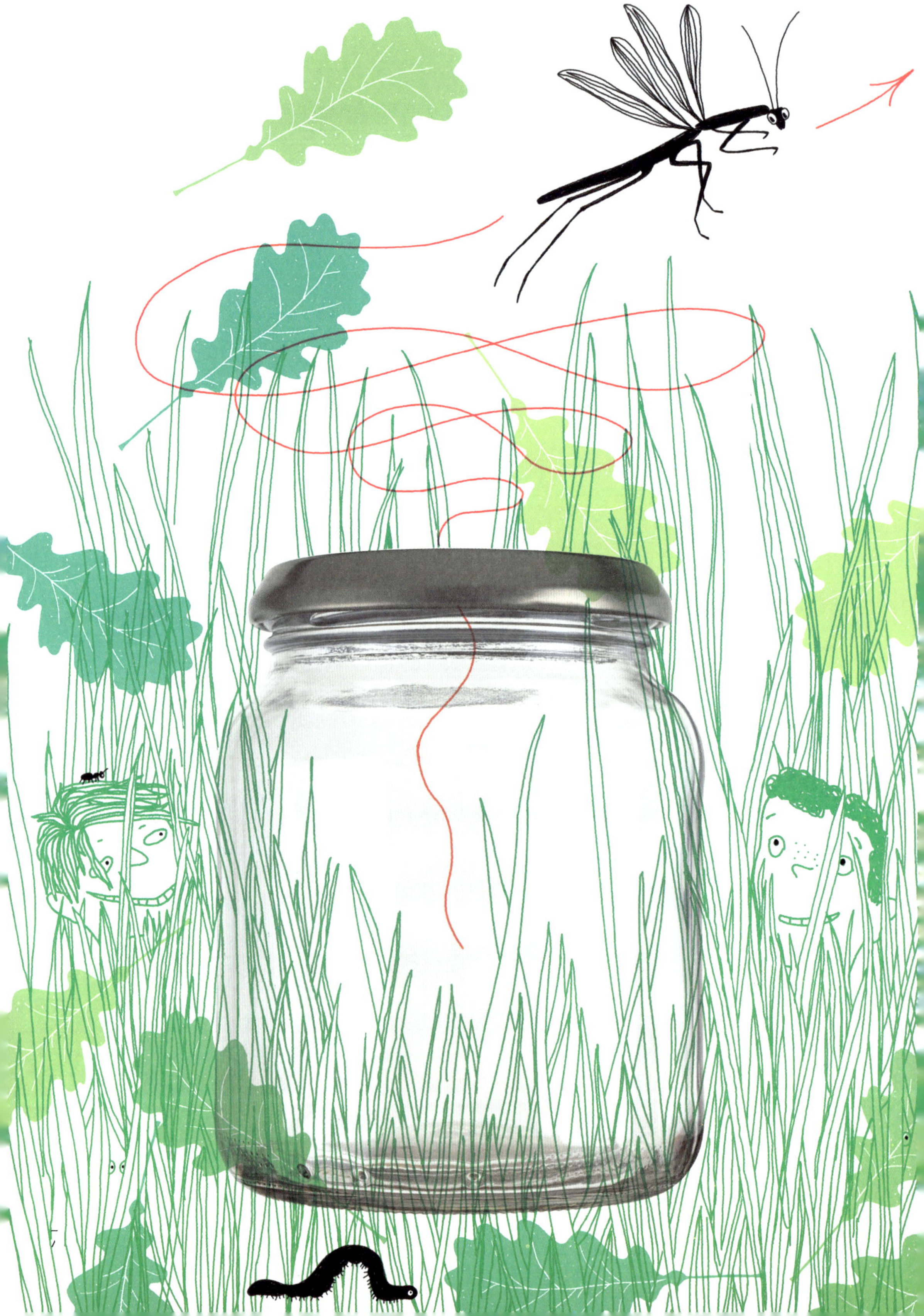

菲利克斯和彼得正在忙着进行讨论。

他们抓到了一只昆虫，彼得认为这是一只"**圣母稻草瓢虫蚱蜢**"。

"世界上根本没有这种虫子，"菲利克斯说，"这就是只**蛐蛐儿**。"

"谁说的，就是有。确定、一定以及肯定。"

两个人一起看着玻璃罐。盖子上面有个小洞，这样圣母稻草瓢虫蚱蜢（或者蛐蛐儿）就可以呼吸了。

"你知道吗？总有一天你会承认它是一只圣母稻草瓢虫蚱蜢的。"

"永远不可能。"菲利克斯回答。他一把从彼得手中抓过罐子，两个男孩互相追逐，直到再也跑不动为止。然后他们躺倒在草地上，躺在哺育万物的阳光之下。

天空的蓝色不再让菲利克斯想起裤子了。

他们把那只小动物放生了。

当那只昆虫迅速跑开，向空中飞去时，两个男孩大声喊着："它飞起来了！"

他们终于达成了一致：尽管俩人谁也没说对虫子的名字。

他们像战士一样，一声不响地窝在高高的草丛中。

菲利克斯感到有些痒痒，一切都在微微骚动，因为爸爸妈妈们要来了。

所有人的爸爸妈妈，包括菲利克斯的。

等大人们走过来，菲利克斯就从高高的草丛中跳了出来。他展开双臂向前跑去，这样爸爸妈妈就可以一把抱住他了。

"我的小心肝儿！"妈妈说。

"看这傻孩子。"爸爸说。

73

过了一会儿,他们坐在了车里。菲利克斯坐在后排正中央,这样爸爸和妈妈就能看到一样多的他了。这是他们的权利。

"这样啊,那孩子叫彼得,是吧?"

"对,他能自己'弄碎'自己的鼻子。"

"鼻子?好吧,那你在营地里过得怎么样呢?说说吧。"

"你不想听听那个鼻子是什么弄的吗?看我,就像这样,嘿。"

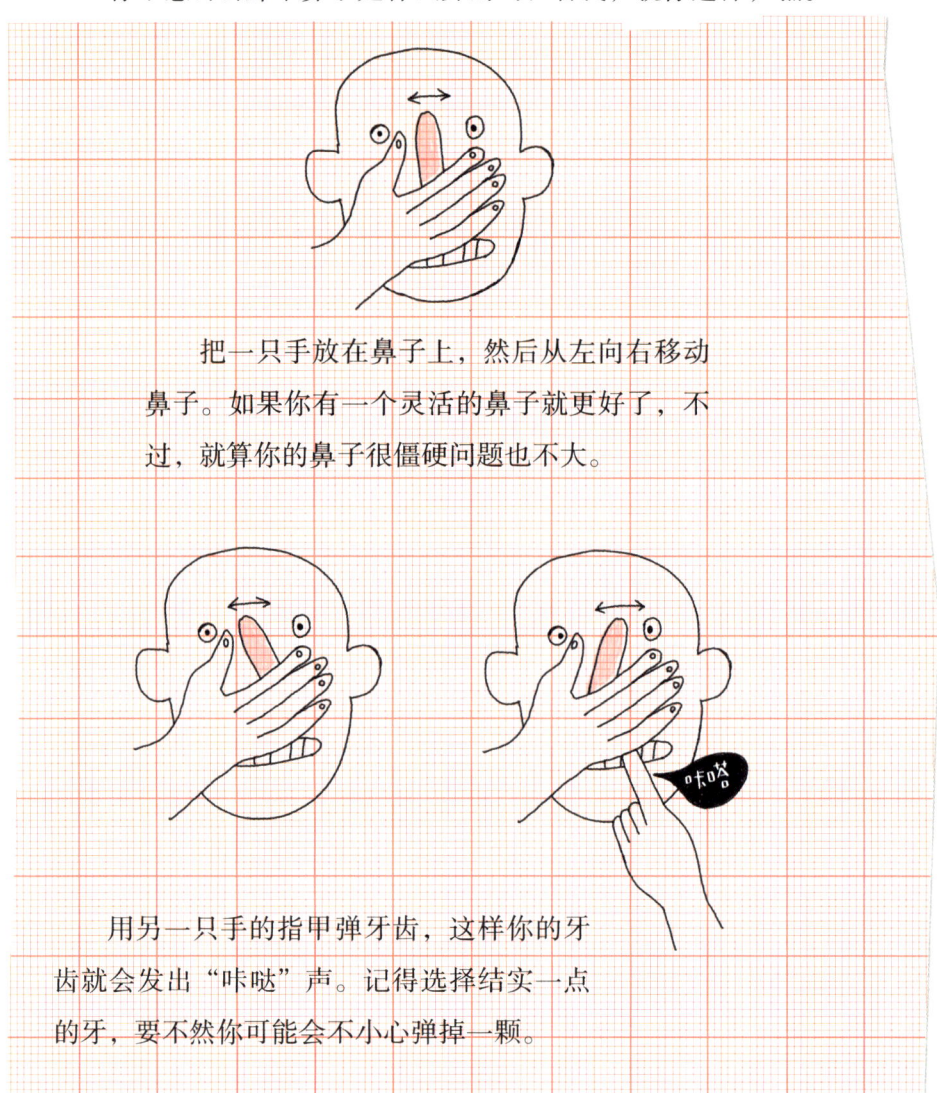

把一只手放在鼻子上,然后从左向右移动鼻子。如果你有一个灵活的鼻子就更好了,不过,就算你的鼻子很僵硬问题也不大。

用另一只手的指甲弹牙齿,这样你的牙齿就会发出"咔哒"声。记得选择结实一点的牙,要不然你可能会不小心弹掉一颗。

爸爸转了一下后视镜以便看清楚路。"从头讲一遍，"他说，"你刚才说到了……"

"……我们下了车，然后去找行李箱。找到之后，我们一起转了个身，结果脑袋撞到了一起。我的鼻子流血了，但彼得大叫着说他的鼻子碎了。当时那个'咔嗒'声可吓人了，好像他的鼻子真碎了一样。谁知道彼得又大喊了一声：'骗你的啦！'然后他立刻叫来一个哥们儿来看我的血，他们在我鼻子上面放了块冰。但是彼得还会让他身体的其他部分裂开，他每次这么干，我的鼻子就又开始流血。他能发出好多小声音，每种声音听起来都像是他把身体的某个地方弄裂了。比如他的指关节啦，他的脖子啦，膝盖啦，手腕啦，甚至还有脚指头。虽然最后那个不是很像。他发声音，我流血，就是这样。"

菲利克斯说到这里仍会忍不住大笑起来，但是爸爸妈妈只顾盯着路看，就好像外面已经漆黑一片，而他们随时可能把车开进运河里一样。

"还有呢？你应该经历了不少冒险吧？"爸爸问道。

"我们每次都一起去帐篷厨房拿冰袋。他们还会给我们一些杏仁饼干，或者一个削好的苹果。你受伤的时候就是这样。我的牙齿就是咬苹果的时候掉下来的，然后我又流血了。回头你可以往我的行李箱里面看看，我的衣服都被血粘到一块儿了。彼得说那样子看着就像有谁要把我给杀了一样。"

爸爸妈妈叹了口气。今天他们是听不到什么露营故事了，至少是听不到全部的了。如果走运的话，可能会听到一些片段吧。不过汽车后面菲利克斯的行李箱里可是装满了故事，装满了血、汗和鹅卵石。

关于行李的列表

- 一堆血糊糊的衣服和湿漉漉的袜子
- 一颗装在信封里的牙齿
- 一双不属于他的凉鞋
- 三四根树枝
- 一双确实属于他的凉鞋
- 三只橡胶靴子
- 一些皱巴巴的纸条（上面写着乱七八糟的东西，比如"别忘了把裤子提上去""最后一个上床的人负责关灯""谁是你最好的朋友？"，几乎每一张上面都有"无名人"的签名）
- 一根皮带，上面有很多很多自己扎的小孔
- 一块鹅卵石，上面一面写着字母P（彼得），另一面写着字母F（菲利克斯）
- 一小堆沙子和小石子
  ……

手电筒

77

"真高兴你回来了。"妈妈转过身，冲着菲利克斯说道，"听起来好像和想象中不太一样嘛。"

"能完完整整回来就好。"爸爸说。

菲利克斯望向窗外，对着自己咧嘴一笑。完完整整……

"还有多久到家？"他问。